우울증은 책으로 고쳐

우울증은 책으로 고쳐

곽성일 지음

생각의빛

제1장 어린 나에게 보내는 편지

제2장 질풍노도로 나의 우울을 감추다

제3장 사람은 사랑을 하게 되면서 성장한다

제4장 우울과 사랑

제1장
어린 나에게 보내는 편지

그노티 세아우톤! (자기 자신을 알라.)
지금의 내가 어린 나에게 질문한다.
무엇을 어디서부터 잘못된 걸까.
하지만 어린 나에겐 대답이 없다.
그저 하염없이 울고 있을 뿐이었다.
지금의 나도 어릴 적의 나도.
우는 것 밖에는 할 수 있는 것이 없었다.
지독히도 힘든 나날을 보낸 어린 나에게 쓰는 편지
어떤 상황이 어린 나에게
지독히도 잘못된 선택을 하게 하였던 것일까?
어른이 아이에게 폭력을 행하는 것은 과연 아이의 잘못일까?
아니면 잘못을 폭력으로 처벌하는 어른으로
자란 어른 아이의 잘못일까?
그 답은 어디에도 없었다. 단지 폭력이 내게 남아 있을 뿐이다.
그 폭력은 나를 망치는 계기가 되었다.

우울의 기원, 어린 시절

어린 나에게 묻는다. 그 모진 고통 속에서 어떻게 살아 주었는지를 그리고 말해준다. 그런 선택 밖에 해줄 수 없었던 나를 용서해 달라고.

우울은 어디에서 오는가에 대해 의견이 많다. 나는 전문인이 아니기에 우울이 어떻게 오는지에 대해 장황하게 설명할 잘 할 재주는 없다. 단지 나의 우울이 어디에서부터 시작이 되었는지 나름 장황하게 설명할 자신은 있다.

나의 우울은 제대로 사랑을 받지 못한 것에서 왔다. 어릴 적에 나는 친척 집들을 전전하면서 자랐다. 그렇게 의식주는 해결했지만 가족이라는 테두리 안에서 살아가지는 못했다. 그러하기에 폭력에 무방

비로 노출되기도 했다.

아이는 때려서 키워야 한다는 이상한 사고방식을 가지고 있는 사람들의 밑에서 자랐다. 그중에 가장 인상이 깊었던 사건이 우울의 계기가 되었다

초등학생이던 작고 어린 나에게 폭력은 당연시되었다. 세상에 나 홀로 있었다. 가족의 사랑을 알아야 할 나이에 나는 폭력의 아픔을 받으면서 자랐다. 나는 내가 태어난 게 죄라는 생각이 들 정도였다. 초등학생인 그 작고 작은 어린아이에게 폭력은 나를 매우 생각하고 나를 배려해서 하는 행위였다. 나는 그 당시 나의 키 와 비슷한 (약 1미터) 크기의 장롱 위에 다리를 얹은 후에 바닥에 엎드린 자세로 당구큐대로 맞았다. 그때 처음 알았다. 그것은 굉장히 단단한 물질로 만들어졌고 굉장한 소리를 내면서 살을 때릴 수 있다는 것을. 너무도 찰싹 달라붙는 소리라서 30년이 지난 이 시점에도 그 소리를 머리에서 떠올리려 하면 떠올릴 수 있을 정도이다.

초등학생이던 아이가 무슨 잘못을 했기에 그렇게 맞아야 했던 것일까? 초등학생이 학교와 교우 관계 혹은 가족에 대해서 고민할 나이에 나는 폭력의 타당성을 고민했다. 남들은 1+1=2라고 배울 때 나는 어떻게 하면 덜 맞거나 덜 아프게 맞을까를 고민했다.

폭력의 이유가 없었던 적도 많았다. 그 당시 사촌 형이던 인간에게 나는 감정의 쓰레기통이었다. 사촌 형의 기분에 따라서 나는 맞아야 했다. 너무도 당연한 폭력이었다. 그렇게 폭력에 대해 무뎌질 때쯤 한

사건이 더 일어나게 되었다.

학교를 다녀오니 그 당시의 사촌 형의 외가 쪽의 동생들이 이미 맞고 있었다. 나는 이유를 알지 못한 채 그 도살장과 다름이 없었던 그 방을 들어가야 했다. 그곳에서 도망친다는 선택지는 없었다. 방 밖으로 남자아이들의 울음소리가 울려 퍼졌다. 그곳은 지옥으로 들어가는 입구 같이 보였다. 사촌형의 불호령으로 나는 마지못해 방에 들어가서 남들이 무릎을 꿇고 울면서 맞는 것에 맞춰 나도 같은 행동을 할 수밖에 없었다. 아마도 이때부터 남의 감정을 살피는 습관을 배워버린 것 같다.

무슨 일인지를 생각하고 생각했다. 하지만 어린 나의 머리로는 이해 할 수 없는 상황에 고민하던 중에 나의 볼이 그 놈의 손에 닿았다. 나는 순간 눈에서 별이 보였다. 그렇게 3명의 아이들은 이유를 (정확히는 나는 이유를 알지 못하였다.) 모른 채 2시간가량 폭력 앞에 눈물로 답할 뿐이었다. 나는 맞는 이유를 모른 채 맞으면서 "잘못했다." 라고 말했다.

내가 잘못한 것은 이유를 모르는 것이었다. 지금이라면 당당히 무슨 일인지 물어봤어야 했지만, 폭력 앞에 어린아이는 그 행위를 할 용기가 나지 않았다. 그저 묵묵히 맞을 수밖에 없었다. 3시간이 되어갈 때 한 명이 고백했다. 자신이 가져갔다고 이야기하였다. 그때서야 알게 되었다. 내가 맞아야만 했던 이유를. 자신의 돈이 없어졌는데 누가 가져갔는지에 대해서 범인 색출을 위해 폭력을 휘둘렀다. (이제서야 이야기 하지만 그 사람의 그날의 돈 씀씀이는 너무나 이상하긴 했었다.)

결국 범인은 잡게 되었지만 폭력에 무서워서 대답했을 수도 있다. 법정에서도 폭력으로 인한 자백은 허용되지 않는다. 하지만 그 당시의 사회적 분위기는 그래도 괜찮았다. 폭력으로 죄를 시인하게 하여 징역을 살던 때였으니까. (잘못을 시인한 사람이 진짜로 가져간 것은 맞다.) 그런 친척 밑에 자라다 보니 폭력에 무뎌지게 되는 수밖에 없었다.

맞는 것은 당연했다. 맞아야 하는 이유를 생각을 하면 안되는 가정이었다. 오히려 맞지 않으면 그것이 더 두려운 일이 되어가고 있었다. 거기에 다가 큰삼촌이라 부르는 존재는 어차피 내가 자신의 친자식이 아니기에 자신의 친자식의 폭력행위를 방관하였다.

어린 시절 나는 동네 사람들에게 나름 애교를 부려서 사랑받고 어른들에게 인사는 꼬박꼬박 하는 예의 바른 어린아이였던 걸로 기억한다. 그러나 그 어린아이에게 점점 미소라는 것은 없어졌다. 그럼에도 다행인 것은 학교는 다닐 수 있었다. 그 시간이 내가 폭력에서 자유로운 시간이었다. 의무교육에 대해 감사함을 느낄 정도로 그 시간을 폭력의 유일한 휴식처로 삼았다. 그 당시에 잘 살지 못하는 사람들에게는 교직원들이 점심을 먹는 곳에서 같이 식사를 제공해주었다. 그런 엄청난 시스템이 없었다면 나는 아마도 굶고 폭력에 지쳐서 죽어 있을 수도 있을 것 같다.

얼마 전에 아동 폭력과 영양실조로 어린아이가 죽었다는 뉴스를 기사에서 보았다. 예전에 나를 보는 것 같아서 나는 눈물을 흘려야 했다. 그나마 나는 점심을 먹을 수 있었으니 살 길이 없는 것은 아니었다. 하지만 폭력이 너무도 당연한 그런 당연한 나날들이 나의 어린 시절이었다. (요새 말로 일진이라고 표현하는 아이들은 나에겐 두려움의 대상이 아니었다. 오히려 다루기 쉬운 아이들이었다. 그들의 폭력은 내게 장난과도 같았다.) 폭력에 무뎌진 어느 날 미소가 없는 아이가 교실에서 멍하니 창밖을 바라보고 있었다. 아마도 나는 그 당시에 "4층에서 그 건물에서 뛰어내리면 편할까?"를 생각했던 것 같다.

그 날의 하늘은 유난히도 파란색이었다. 그렇게 모두가 하교를 하고 교실에는 나와 선생님 뿐이었다.(지금은 없어졌지만 초등학교 교실에 담임선생님 자리가 있었다. 굳이 교무실에 가지 않아도 교실에도 선생님 자리가 있었다.) 그런 나에게 여러 가지 질문을 했다. 나는 영혼이 없이 대답만 하였다. 그러던 중 선생님이라면 나를 구원해 줄 것 같은 믿음이 생기기 시작하여 제대로 질문에 대답을 하였다. 그리고 선생님은 이렇게 말을 했다.

"선생님이 같이 집으로 가서 이야기해줄까?라고 이야기하였다. 그때의 나는 아마도 미소를 지었던 것 같다. 이제 폭력에서 벗어날 수 있을 것 같았다. 지긋지긋한 폭력을 해결해 주리라 믿어 의심치 않았다. 그들은 착한 어른이라고 생각했다. 그렇게 여러 선생들을 데리고 집으로 향했다. 나는 천군만마를 데리고 집으로 가는 것 같은 착각에 빠져 있었다.

그렇게 어른들의 대화가 시작되었고 나는 앞으로 펼쳐질 나의 미래에 대해 두근거림을 가지고 있었다. '이제 나를 함부로 때리지 못하겠지? 나는 폭력에서 벗어나는 것이겠지?' 라고 생각하였다. 어린아이가 어른들의 생각을 너무 안일 하게 믿었다. 선생님들은 나를 불러 "선생님이 잘 이야기 하였으니 이제 안심하렴."이라고 말했다. 정말 아직도 기억한다. 토시 하나 안 틀리고 이렇게 말했다. 나는 안도감에 감사하다고 이야기하였다. 아마도 지금 같은 사회였다면 아동학대로 신고를 해야 맞지만 그 당시에는 그런 좋은 법이 없었다. 그래도 나는 선생님들을 믿을 수 있었다고 생각했다.

모두가 웃으면서 선생을 배웅했다. 그리고 선생님들이 나간 철문을 닫히고 어린 나는 지옥이 세상에 존재한다는 것을 알게 된다. 나를 폭력에 무뎌지게 하였던 그 사람은 나를 조용히 방으로 끌고 갔다. 그 당시 큰삼촌이었던 사람의 말이 더 나를 지옥을 실감하게 하였다.

"어디 분질러지지 않게 때려라."

그렇게 나는 밤새 맞았다. 맞고 기절하고를 반복할 정도로 맞았고 나는 울부짖었지만 소리 지르지 말라고 때렸고 나는 폭력에 대해서 인정할 수밖에 없다는 결론을 가지게 되면서 어른들은 믿을 수 없고 나를 지켜줄 가족이라는 존재 그리고 어린아이가 당연히 누려야 할 것들은 내게도 너무도 무의미했다. 그렇게 나는 어린 나이에 모든 감정을 닫아 버리고 웃는 방법 모르는 아이가 되어버렸다.

시간은 폭력에 익숙해지고 폭력에 무뎌지니 감정이 세상이 필요치 않아 내 안에서 없어진다는 것을 알게 되었다. 어린아이가 태어나서 처음 세상이 알려준 것은 어른은 나의 편이 아니라는 점이었다.

지금에서야 생각해 보면 아이는 가족이라는 사랑은 꼭 어릴 때 받아야 한다. 그 시기가 지나면 이미 가족의 사랑은 그저 말뿐의 글자에 불과하다. 세상의 모든 어린아이는 죄가 없다. 그저 순수하게 세상에 태어나서 사랑을 받을 준비를 하고 태어난다. 그 사랑을 적절한 시기에 주지 않는다면 어릴 적 상처가 자아를 형성할 때 독이 되어 돌아오게 된다. 마치 식물을 키우는 것과 같다. 적절한 시기에 물을 주고 적절한 시기에 태양빛을 받아야 한다. 그 시기를 놓치면 식물은 죽게 된다. 어린아이도 매한가지이다. 적절한 사랑과 가족의 테두리의 보호가 없다면 어린아이의 마음이 망가진다. 그런 의미에서 나는 애늙은이라는 별명을 좋아하지 않는다. 왜 남들처럼 자라지 못해서 성숙한 어른이가 되어 버려야 했던 걸까. 그렇게 하지 않으면 세상을 살아가기가 힘이 들어서 어쩔 수 없이 마음을 지켜야 했다. 성숙한 것이 아니었다. 단지 세상에 대한 미련이 없던 것이었다.

20세 미만의 시기를 청소년이라 부른다. 그런 아이가 삶에 죽음만이라고 대답해야 하는 세상을 원망해 본다. 그리고 그렇게 해야만 했던 가족을 원망해 본다. 어린아이 혼자 모든 걸 견뎌야만 했던 세상을 살고 있는 어른으로 써 나 역시도 원망해 본다. 이런 세상을 살게 해야 하는 마음이 오늘도 나는 무겁다. 그래서 나는 그들에게 도움이 되기 위한 삶을 살려고 한다. 비록 그 누구도 알아주지 않는다고 해도 단 한 명의 위로가 된다면 나는 전진하고 그들을 위해서 살고자 한다. 이런 비루한 나라도 그들에게 도움이 되길 바란다.

앞에 말한 나의 이야기를 종합하면 폭력에 노출된다면, 우울증을 가지게 되는 것인가 라는 의문을 가지게 된다. 여러 심리학 서적 혹은 우울증 관련 서적을 읽다 보면 어릴 적 폭력으로 우울증이 오는 경우도 있다고들 한다. 하지만 나의 우울의 시초는 이 잦은 폭력보다 더한 이야기가 있다. 차라리 폭력은 회복이라도 자연히 되는 것이었다. 그런 폭력에 무뎌질 즈음 아버지라는 사람이 찾아와서 우리 형제를 데리고 가 단칸방에서 지내게 된다. 나는 거기서 가족이라는 걸 실감하게 되었다. 폭력이 없어진 나날이 너무도 좋았다. 그저 폭력이 삶에 없어짐으로 인해 나는 다시금 세상을 살아보자는 생각을 했던 것 같다. 마음을 닫고 살던 어린 나는 아마도 지금 생각해 보면 죽는 것은 어떤 것인가에 대한 의구심을 가지고 어떻게 하면 죽을 수 있는지를 고민했던 것 같다. 그렇게 아버지로 인해 그런 생각을 하지 않아도 된다는 행복을 가지게 되었다. 하지만 그건 2주일짜리 행복이었다.

어느 날 아버지라고 부르는 사람은 우리 형제를 데리고 버스를 여러 번 갈아타고 학교처럼 보이는 곳으로 갔다. 나는 아버지라는 인간의 손을 잡고 신난 기분으로 그곳을 갔다. 그곳에 도착하니 그 사람에게 나온 말은 "저기 보이는 곳으로 가서 아버지도 어머니도 모른다고 이야기하라."고 지시한 후에 우리 형제의 시선에게서 멀어졌다. 나중에 알게 된 사실이지만 그곳은 보육원 같은 곳이었다.

나는 폭력에서 벗어나고 가족이라는 감정을 알게 되어야 할 때 친아버지에게 버려졌다. 그것이 내 나이 10살도 안 되었을 때 벌어진 일이었다. 어린 나이에 감당할 수 없는 나의 세상은 우울이라는 병이 당연하게도 내 안에 들어와도 되는 환경에 놓여져 있었다.

나는 그렇게 가족을 포함해서 모든 사람들에게 마음을 닫았다. 그 누구도 믿지 않을 것이라는 믿음으로 나 혼자만을 위해 살아가기로 하였다. 그 누구도 나의 세상을 구원하지 않는다는 생각에 나는 세상을 등지면서 엇나가기 시작했다.

변명하자면, 이때부터 폭력에서 도망치는 것이 편하다는 것을 알게 되었다. 폭력이 생기는 일이면 사람들에게서 가족에게서 도망을 쳤다. 나는 사소한 잘못을 하면 지레 겁먹고 도망쳤다. 무서웠다. 그래서 나는 잦은 가출의 반복을 했다. 나의 잘못의 대가는 폭력이라는 당연한 답이 나에게 있었다. 그 폭력이 무서워서 나는 가족에게서 도망치고 사람들에게서 도망쳤다. 그렇게 나는 자연스레 우울증이라는 병을 내 안에서 키우고 있었다. 그 당시에 나는 그게 우울증이라는 것을 인지하지 못하였고 나는 그저 작은 실수를 할 때면 가출로 도망치는 말썽쟁이 아들이었다.

그리고 그 당시에 어린아이였던 내가 그런 생각을 하고 산다고 아무도 몰랐을 것이다. 그때 그것을 알고 고쳤다면 아마도 내 삶은 달라졌을 것이다. 하지만 지나간 시간은 돌아오지 않는다. 그래서 나는 우울증을 인지하고 며칠 밤을 폭력에 무뎌진 어린 나에게 미안하다고 울부짖으면서 눈물을 흘렸다. 그것 밖에 그 어린 나에게 해 줄 수 있는 것은 없었다. 그 당시에 나에게 직접 가서 미안하다고 말해 준다면 그 당시에 나는 무슨 대답을 해주었을까.

내가 살아갈 이유를 찾다

어리고 작은 아이는 폭력에 몸도 마음도 주저앉았다.

세상을 살아야 이유보다 죽어야 할 이유가 더 많았다.

어릴 적 나와 마주 한다면 나는 아마도 하염없이 안고 울어 주었을 것 같다. 그저 미안하다는 말을 반복하면서 나는 그 어떤 말을 해주어도 어린 나에게 용서를 받을 수 없을 것 같다. 어릴 적에 나는 그 외에도 어른들의 믿음 가족의 믿을 가질 수 없었다. 내가 어른들을 못 믿게 된 가장 큰 이유는 모든 일에 도망치는 버릇으로 생긴 것이다. 그 당시에는 나에게는 그 선택지 밖에 없었다.

친부에게 버려진 우리 형제는 어머니가 우리를 거두어서 같이 생활을 했다. 하지만 몸에 도망치는 버릇 몸에 배인 나는 말썽쟁이 작은 아들이었다. 나는 어머니의 아픈 손가락이었다. 그렇게 폭력과도 그 자체의 삶에서 언제나 도망치기 바쁘게 살아갔다. 작은 실수에도 나는 가출을 일삼았다. 그게 나의 답이라고 생각했다. 가족을 믿을 수 없었다. 그래서 항상 도망쳐서 마치 거지 같은 생활을 할 때쯤 잡혀서 집에 들어와서 가출에 대한 대가를 치러야 했다. 집이 있지만 집이 없는 사람처럼 자라왔다. 그러던 중에 어머니의 화가 터지는 사건이 일어나게 된다. 어머니는 가출했다가 돌아온 나를 보자마자 뺨을 때린 후 내가 무릎을 꿇게 되니 그 자리에서 남이 보는 앞에서 나는 친어머니에게 밟혔다.

“너 같은 건 낳지 말아야 했어. 너를 보면 그 새끼가 생각나. 지겨워 죽겠어.” 라고 외치며 때렸고 이웃집 아주머니가 말릴 때까지 나는 또 폭력에 시달려야 했다. 나의 몸에 배어버린 그 나쁜 습관과 잘못된 선택의 대가로는 그 당시의 나에게는 너무도 큰 대가였다. 세상 모두에게 버려진 것 같은 느낌을 받았다. 너무도 폭력이 당연시하는 삶에 나는 이제 폭력에서 벗어나려 하자 친아버지에게는 버려지고 어머니에게는 태어난 게 죄라고 들으면서 폭력에 대해 당연시 하는 삶이었다.(나는 어머니가 잘못한 것이라 생각하진 않는다. 내가 그 당시의 어머니의 나이가 되어보니 그 당시의 어머니의 행동을 이해할 수 있었다. 지금은 어머니와 살고 있으며 그 당시의 이야기는 잘 해결되었다. 그 당시에 나에게는 어른들이 이해 할 수 행동들을 하고 있었기에 지금은 어머니는 그 당시의 행동은 이해하려 하고 있다.) 나는 점점 어른들을 이해하지 못하고 그 누구도 믿을 수 없었다. 그저 착한 아들인 척을 할 수밖에 없었다. 내게는 그 선택지만 있었다. 그래서 그렇게 조용히 우리 가족에게는 나는 아픈 손가락인 채로 내 안에 우울을 점점 키워져 가고 있었다. 가장 믿어야 하는 가족을 믿지 않았고 믿을 수 없었다. 다른 가정에서 태어났으면 아마도 귀염둥이 막내아들이었을 것 같다. 나의 지금 성격을 생각해보면.

하지만 상황은 나로 하여금 그러하지 않게 하였다. 가족을 믿지 않았고 나는 나만 믿었고 내가 힘들고 상처 입으려 하면 그 상황에서 도망쳤다. 그게 가장 효과 빠른 처방이었다. 그러다 보니 나는 삶에서조차 도망치고 있었다. 그렇게 나는 우울증으로 인해 나의 삶이 망가짐을 느끼면서 살아야만 했다. 사는 것이 사는 것이 아니었다. 어떻게 죽을 지에 대한 길목 중 하나라고 생각하면서 살게 되었다. 무슨 일이 있을 때마다 항상 도망쳤고 어느 것 하나 노력하지 않았다. 어차피 죽을 것인데 노력할 이유가 없었다. 그래서 나는 그저 그런 사람이 되었고 그저 그런 일들을 하게 되는 사람이 되어 있었다.

그 어디를 가도 나를 반기는 이가 없고 나를 찾는 사람이 없는 어디에도 없고 어디에도 속하지 못한 홀로 세상을 살았다.

가족의 테두리 안에 있었지만 나는 언제나 홀로 산다고 살았다. 그 공허함이 무엇인지 그 당시에는 몰랐다. 그저 외로움이라고 생각하고 살았다. 지금 에서야 생각해보면 그것이 우울이었다. 마음속에 언제나 우울을 키우고 살았다.

어린 나를 생각할 때면 언제나 불쌍함을 생각하게 된다. 사랑을 받아야 할 나이에 나는 폭력을 당했고 가족들에게 태어난 게 죄라는 말을 듣고 자라게 하였다. 태어난 이유에 대해 불행한 이유밖에 없던 어린 나에게 눈물로 맞이하게 된다. 그 당시에 나는 그걸 그대로 견디기엔 너무도 연약한 존재였다. 하지만 세상은 나로 하여금 선택을 강요했다. 그 선택의 대가를 지불해야 하는 세상이 너무도 원망이 가득해서 견디기 어려웠다. 하지만 지금 생각해보면 누구나 그걸 겪을 수 있을 것이다. 누구든 그 상황을 맞이할 수 있다. 우리의 세상은 못된 어른이 많기에 그 연약한 아이들이 힘들어하는 세상이기에 그들을 생각하면 나와 같은 길을 걷고 있다 생각하여 눈물이 난다. 그런 기사를 볼 때 마다 눈물이 난다. 내가 가진 능력이 적어서 내가 남에게 알려지지 않아서 내가 도움이 될 수 없어서 눈물이 난다. 나의 과거는 청산할 수 없으며 나의 상처는 더 이상 치유할 수 없다. 마지막 치유는 나로 인하여 위로 받을 사람들에게 받아야 한다고 생각 하며 나는 그것을 위해서 살아간다. 그러기에 아직은 아무것도 해주지 못하고 아무것도 할 수 없는 나를 자책해 본다. 그렇게 나는 좀 더 나은 나로 거듭 나고자 한다. 하나의 생명이라도 나로 인해 살아 갈 수 있는 삶을 살길 바라는 마음으로 나의 무너짐 따위는 아직은 버틸 만 하다는 것을 머릿속에서 각인한 채로 살아 가려고 한다.

내 삶의 주인은 나지만 그럼에도 내가 살아야 할 이유는 우울로 힘들어 하는 모든 이에게 있다. 비록 내가 도움이 안 되어도 좋다. 그저 그들을 위해서 살아가고 작은 위로라도 전해 주고 싶다.

나 자신을 있는 그대로 인정하자

내 삶에 어떤 선택이 틀렸는지 찾는 것보다 맞는 선택이 뭐였는지를 찾는 게 쉬웠다. 왜냐하면 맞는 선택은 내 선택지에 없었다.

'시련은 그것을 견뎌낼 만큼만 준다.'라는 말이 있다. 과연 내가 버틸 수 있는 시련이었을까? 어릴 적 생각을 해보면 나의 꿈은 평범함이었다. 남들과 같은 고민을 하고 남들과 같은 삶을 사는 것이었다. 그런 나의 꿈은 잘못된 선택들로 평범하지 못한 아이가 되었다. 남들은 세상사는 법을 배울 때 나는 죽는 것만이 내가 태어난 의미라고 생각하고 인생을 버렸다. 인생을 버렸다가 가장 나에게 맞는 표현이었다. 사랑, 믿음이라는 단어는 국어사전에나 존재했다. 그것을 배우기엔 나는 너무 많은 시련을 가지게 되었고 세상을 사는 법을 배울 기회조차 날려서 사람들과 어울리지도 못했다. 마치 놀이터에서 친구들과 놀다 모두가 저녁을 먹으러 집으로 가고 나 혼자만 놀이터에 남아 홀로 그네를 타는 기분을 매일 같이 느껴야 했다. 사람들과 잘 어울리지 못하니 대화하는 법도 몰랐다. 어릴 적에 내가 사람들에게 말하면 다들 이해하지 못했다. 그럴 수밖에 없었다. 말에는 주어라는 것이 있다. 어릴 적 나는 주어를 빼고 이야기했다. 나의 주어는 언제나 우울과 자살로 가득해서 주어를 말하지 않았다. 그러다 보니 나는 특이한 아이로 자랐고 말하는 것에 두려움이 있었다.

그 당시의 나의 우울은 안녕하지 못하였다. 우울 그 자체였기에 모든 대화에는 우울 이 묻어났고 결국 하루의 마무리는 언제나 후회와 반성의 시간이었다. 나의 사전에 칭찬이 없기에 나는 점점 주눅이 들었고 그렇게 우울과 함께 사회성도 잃은 채로 법적 성인이 되었다. 결국은 잘못된 선택을 수정하지 못한 채 세상 밖으로 던져졌다. 그렇게 하면 편할 줄 알았고 내가 이 나이가 까지 살지 몰랐다.

내 삶은 서른이 오기 전에 마무리 짓는 것이라 생각했다. 그렇지만 나는 어느새 서른을 훌쩍 넘어서 살아가고 있다. 도망치는 선택이 편했던 어린 시절 과연 편하자고 했던 행동들 이었을까? 란 물음을 계속 던져 봤다. 결론은 아니란 걸 너무도 잘 알아서 문제였다. 그 선택들은 내게 후회로 다가 왔다. 하지만 어릴 적 나는 그 선택을 했고 이미 나는 그 시간을 되돌릴 수 없는 나이가 되었다. 이미 내가 우울증을 인식 한 시점에서 너무도 늦었다고 생각했다. 그렇지만 습관처럼 몸에 베인 도망치는 버릇은 그리 쉬이 내 몸에서 나가주지 않았다. 오히려 더욱더 강렬하게 도망치려고 했다. 그럴 때마다 나는 절벽 끝에서 고민했다.

나의 우울은 그렇게 나를 삶과 죽음의 선상에서 나의 세상에 대해서 선택을 강요했다. 언제나 더 나은 선택지가 있음에도 불구하고 최악의 선택지만 나에게 선사했다. 나는 그것을 홀로 이겨내야 한다는 강박증에 나를 더 죽이고 있음을 인지하지 못한 채 선택의 강요만 하였다. 그리고 선택에 대한 책임을 나의 삶에 전가한 채로 세상을 외면하게 되었다. 그래서 나는 어릴 적 나에게 용서를 언제나 구해야 했다. 그래야만 했다. 그것만이 어린 나에게 해 줄 수 있는 유일한 구원이었다. 그 당시에 그 선택지만 남겨둔 나라는 우울이 지은 죄에 대한 유일한 구원. 그렇게 세상이 버려진 채로 우울증이 내게 있는지도 모른 채 성인이 되었다.

시간이라는 것은 상대적인 부분이라서 내가 원하지 않아도 시간이 흘러서 어느덧 성인이 되고 어느 덧 세상에 내던져진다. 나에게 준비할 마음 , 준비할 시간을 내어주지 않는다. 그렇게 나는 준비도 없이 성인이 되었다. 처음에 성인을 인증하는 주민등록증을 받을 때가 기억한다. 당시 나는 학교를 1년 늦게 들어간 터라 고3에 주민등록증이 나왔다. 그때 난 남들보다 더 부족해졌다는 생각을 했던 것 같다. 우리는 옆에 있는 사람과 경주하는 것도 아닌데 나 혼자만의 생각으로 남들과 비교하게 되었다. 세상의 순리를 무시할 수 없을 것 같았다.

세상을 나의 선택으로 마감 하려 하는 나이지만 열심히 살아보려고 노력 한 적도 많다. 하지만 성인이 된 나는 언제나 패배 의식을 가진 채 살아 왔다. 그럴 수 밖에 없었다. 나는 어떤 상황이던 해당 일에 대해 직면하고 버티지 못하려 할 때 마다 도망을 치려고만 했으니. 패배 의식만이 나를 지배했고 나는 이 정도 밖에 안 되는 그저 그런 사람이 되있다. 아무런 준비 없이 성인이 된다는 것은 정말 삶을 파고드는 매서운 바람과 같았다. 언제나 나에게는 그런 나날의 시간이었다. 지금 생각해보면 살고자 하는 노력만 있다면 얼마든지 더 나은 환경, 더 나은 사회생활을 했을 것 같다. 어린 시절을 건너 성인이 되었지만 어릴 적에는 애늙은이라는 별명을 듣고 성인이 되어서는 어른아이가 되어있었다. 그렇게 나는 성장하지 못한 채로 세상에 던져졌다. 그래서 그렇게 지독히도 아파 했나 보다.

아직 치료가 필요한 시기에 치료가 아닌 세상의 힘든 점을 겪어야 해서 매번 아파해야 했고 사랑에 대해서 여유가 없었다. 사람에 대해서 여유가 없었다. 삶을 살다 보니 여유라는 것은 돈에서 나오는 것이 아니라는 것을 알게 되었다. 돈이 아무리 많다고 하여도 마음에 여유가 없다면 사람은 조급하게 된다. 그렇게 조급한 마음은 결국 좁은 선택지를 만들게 된다. 좁은 선택지를 강요받게 되면 결국 그 마무리는 우울증으로 대가를 치르게 되는 악순환 속에서 살아가게 된다. 내가 그러 하였 듯이 나 자신을 있는 그대로 인정하는 것만큼 우리에겐 중요한 것이 없다. 못난 성격도 내 자신이고 못난 얼굴도 내 자신이다. 나를 있는 그대로로 마주하는 것이 우울과 직접 마주할 수 있는 길이라고 생각한다. 마주한다는 것은 자기비하가 아니라 자신을 있는 그대로 그 자체로 전부 가 내 자신이라는 것을 믿는 것이다. 내가 무엇이든 해낼 수 있다는 믿음!

믿음이라는 단어의 뜻을 잘못 알고 산 나의 어린 세월에게 말한다. 믿는다는 것은 온전히 나를 사람에게 맡길 수 있다는 것이다. 그렇다고 나를 포기함이 아닌 그만큼 내 삶만큼 그 사람의 삶도 존중하는 것이다. 그런 것을 하지 못한 나는 사랑이 자라야 할 마음은 우울을 키우고 믿음을 알아야 할 감정은 불신으로 가득했다.

어릴 적 나의 삶에는 긍정이라는 단어가 없었다. 그래서 우울을 인지하기 위해 한 행동은 어린 나를 복기하는 것이었다. 내가 한 행동을 돌아보는 것이었다. 어릴 적 나를 돌아보는 것으로 나는 나의 우울이 어떻게 자리한 것인지를 인지하는 것에 도움이 되었다.

사실 어릴 적 나와 마주하는 것이 너무도 두려웠다. 그래서 나는 애써 외면한 채 살았다. 아니, 과거의 나에게 도망을 친 것이라는 표현이 더 나에게 맞았다. 뒤를 돌아보면 언제나 원망 가득한 내가 눈시울을 붉히고 나를 원망했다. 그래서 내 안에 우울감이 있다는 것을 너무도 잘 알면서 나는 그것에서 도망을 쳤다. 그렇게 해야만 내가 살아갈 수 있을 것 같았다. 그런 내가 우울하다고 지인들에게 이야기하면 언제나 돌아오는 답은 "다른 사람들도 그렇게 살아. 힘들지만 어쩔 수 없이 살아가."라고 대답해주었다. 남들도 그런 건가 보다. 나는 그렇게 나를 세뇌시키면서 살아갔다. 그렇게 나는 나에게서 도망치면서 미래에 대해 생각을 하지 않았다. 언제나 내가 생각했던 것은 "나는 언제 죽지? 나는 죽을 것인데 왜 미래를 생각해야 하지?"라는 의문을 가진 채 살아 있는 삶을 살아만 가는 존재가 되어 있었다.

누구에게도 나의 마음을 전부 주는 법을 몰랐다. 그 누구도 믿지 않았다. 아무리 친한 친구라고 해도 나는 신뢰하지 않았다. 언제든지 나를 배신하고 떠나갈 존재라고 생각했다. 나는 나를 지킬 방법으로 나의 대한 감정 표현을 닫았다. 그게 나를 지키는 방법이라 생각하고 가족과의 대화는 위선적이라고 생각 하고 한 귀로 듣고 한 귀로 흘렸다. 가족을 믿지 않으니 세상에 믿을 사람이 없었다. 그저 머릿속에 죽어야 한다는 생각 뿐이었다. 죽음만이 나를 구원한다고 생각했다. 그렇게 나는 미래에 대한 준비와 생각을 버렸다. 모든 것이 무의미했다.

그렇게 삶을 억지로 지탱하던 중에 그런 나여도 아니, 그런 나여서 나를 구원해주는 구원자를 만나게 되었다. 헤어진 여자 친구가 나의 구원자가 되어 주었다. 처음으로 내 진심을 말할 수 있는 사람이 나타난 것이다. 믿음이라는 단어를 잘못 알고 있던 나에게 믿음이 무엇인지 몸소 알려 주었다.

나는 그렇게 그녀에게 나의 전부를 보여 주었다. 나 조차도 마주 하지 못할 과거의 나를 보여주었다. 그 이야기를 하던 공원에서 나는 과거의 내가 너무 무서워서 공원에서 눈물만 흘렸다. 나의 대한 과거가 너무도 불쌍하고 무서워서 눈물을 흘리며 이야기하였다. 그녀는 내 말을 다 들어 주었다. 그리고 공감해주면서 그것을 다 인정하고 나를 지켜주었다. 이 모자라고 모자란 나를 사랑으로 감싸 주었다. 어릴 적 아니, 성인이 되어서도 아무에게도 말하지 못했던 내가 그녀에게 말하면서 그녀는 멸시와 환멸이 아닌 사랑이라는 것으로 돌려주게 되었다.

처음 느끼는 감정에 나는 나를 주체할 수 없었다. 어릴 적 받아 오지 못한 나에게 너무도 미안해서 눈물만 흘릴 수밖에 없었다. 나의 이야기를 듣고 지켜보던 그녀는 나에게 정신과 상담을 받아보라고 권유하였다. 나는 남에게 말하는 것은 무섭다고 이야기를 하였다. "이야기를 하게 되면서 또 나랑 마주 하는 것이 너무도 힘들어." 라고 말하는 어린 내가 무서워 또 도망치려고 한 내 옆엔 그녀가 있었다. 그런 나를 믿어 주고 응원해 주면서 항상 옆에 있는 사람이었다. 나를 믿어주고 나를 치료해 주려고 한 그녀가 있었다. 그래서 나는 용기를 내어 그녀의 손을 잡고 정신과를 처음 방문하게 되었다.

그녀는 나를 계속해서 달래 주었다. 모든 것이 다 괜찮아질 것이라고 이야기해 주었다. 처음으로 정신과 선생님 앞에선 나는 그때 서야 진짜 나와의 마주하게 되었다. 나의 병명을 알게 되었다. 지속성 우울장애, 경계선 인격 장애라는 병명을 알게 되었다. 그렇게 약을 받아왔고 나는 다시는 그녀와 연인 상황에서는 나는 병원을 다시는 가는 일은 없었다. 나는 그 선택을 또 하게 되었다. 나 혼자 지고 혼자 책임진다는 변명으로 도망치는 버릇을 나를 믿어 주고 나를 걱정해 주는 그녀에게 거짓말을 하면서 도망치고 있었다.

그런 나여도 그녀는 항상 나를 걱정하면서 불안해하는 나를 볼 때면 언제나 다시 병원에 가야 하는 거 아닌지 나에게 물어주었다. 나는 "이제 괜찮다면, 너만 옆에 있으면 불안하지 않는다는 거짓말로 나를 속였다. 그렇게 나는 내 의지로 약을 안 먹게 되었다. 우울증에 관한 책들을 접하게 된 사람들은 알겠지만 의사의 처방이 아닌 자신만의 판단으로 약을 복용하지 않게 되면 어떻게 되는지 알고 있을 것이다. 감정이라는 것의 기복이 요동친다는 것을 알게 될 것이다. 그렇게 나를 믿어 주고 힘이 되어준 그녀에게 나는 우울증을 빌미로 그녀를 위협했다. 그녀에게 언어폭력이 아닌 우울 폭력을 행사했다. 그녀 역시도 사람이기에 그런 나의 행동에 너무도 힘들어했다. 그런 나여도 사랑해주었고 사랑이라는 것이 무엇인지 알게 해 주었다. 그것 만으로 만족할 수 있었기에 나는 약을 안 먹어도 괜찮다고 이야기하면서 나를 속였다. 나를 세뇌하고 모두에게 거짓연기를 선보였다. 하지만 우울 폭력이라는 것이 무서운 이유는 눈에 보이는 것이 아니기에 너무도 위험하였다. 사람에게 위험한 독도 무색 무취의 독이다. 아무것도 느낄 수 없을 때 중독되어 죽게 되는 것처럼 우울폭력도 매한가지였다. 나도 그녀도 그 폭력에 너무도 무방비하였다. 그렇게 우울폭력이 쌓이고 결국 그녀는 떠나갔다. 정확하게는 내가 떠나 보낼 수밖에 없었다. 나는 내 손으로 나의 행복한 세상을 잃어버렸다. 나의 우울증에 의하여 나는 세상에서 가장 나를 믿어 주고 내가 가장 믿을 수 있는 존재를 떠나 보내야만 했다.

나는 그게 나의 삶의 정답이라고 생각했다. 이런 나와 함께 하는 그녀가 불쌍했다. 그녀는 나보다 더 나은 학벌에 좋은 직장에서 일을 하고 있었음에 나는 그녀에게 맞지 않는 옷이라고 생각하였다. 그렇게 나는 내 인생에서 가장 믿었고 가장 사랑했던 사람의 믿음을 배신하고 그렇게 도망쳤다.

때론 믿음이라는 것을 핑계로 폭력을 자연스레 하게 되는 것이 사람이다. 폭력이란 물리적으로 때리는 것만이 폭력이 아니다. 나의 옆에 있는 이성이 나를 언제든 버릴 수 있다고 나의 마음속에서 생각했다. 그녀의 학벌과 그녀의 직장이 나를 몰아세웠다. 나는 더 큰 사람이 되어야 했다. 자격지심이었다. 사실 알고 있었다. 내가 그저 내 한 몸만 지킬 수 있는 사람이었다면 그것으로 충분했는데 그런 나 여도 그녀는 나를 완전히 믿어 주었는데 나는 그녀를 말로만 믿는다고 생각 하고 나 혼자만의 세상에 갇혀 그녀가 언제든 나를 버릴 것이라는 생각에 그녀와 같은 선상에 서야 한다는 강박증에 나는 미친 사람처럼 더 큰 직장을 위해서 일을 그만두게 되면서 그녀와의 사이가 더 안 좋은 상황이 되었다. 사실 알고 있었다. 그녀는 그런 것이 중요하지 않고 그저 내가 사랑해 주는 것만 필요했다는 것을 하지만 나는 자격지심을 이기지 못하고 혼자 자멸하는 선택을 하였고 나를 지킨다는 명목과 그녀를 위한다는 명목으로 그녀의 인생이라는 연극에서 도망쳤다.

그녀만 남겨둔 채로 우울을 던져 준 채 로 나는 도망쳤다. 나는 나의 선택을 후회하면서 언제나 잠이 들기 전에 죽을 생각 밖에 하지 않는 원래의 나로 돌아왔다. 그녀를 원망해 보기도 했다. 왜 나를 믿어주지 못하였냐고 그녀를 원망했다. 마음 한쪽으로는 알고 있었다. 책임 회피라는 것을.

하지만 이내 인정하게 되었다. 내가 미워해야 할 사람이 누구인지를 실감하게 되었다. 한번도 맛보지 않은 음식을 보게 된다면 먹고 싶다는 생각에 군침이 돌지 않는다. 그것과 매한가지로 한번 도 사람을 믿어 보지 못한 나는 믿음의 의미를 알게 되어서 믿음에 무게에 더욱 더 큰 절망감에 극도로 치닫는 우울증과 마주하게 된다. 나의 마음은 하루에도 수십 번 요동을 쳤다. 걸어가면서 차도로 뛰어드는 생각은 기본이고 한강 다리를 찾아가서 내 몸을 투신 하려는 행동은 1주일에 한번 꼴로 반복 하였다. 하지만 어리석게도 나는 뛰어 들지 못한 채로 돌아오면서 나 자신에 한심함에 욕하게 되었다. 그렇게 나는 비겁하면서 용기조차 없는 그저 살아 있는 것 자체가 세상에 짐이 되는 태어난 것 자체가 죄인 사람으로 살아갔다. 미래를 아니 바로 지금을 살고 있는 오늘도 자고 일어나면 오는 내일도 생각 하지 않았다. 언제든지 나는 죽을 용기를 모으는 그런 사람이었다. 병원에 찾아간다는 생각은 머릿속에 없었다. 그저 어떻게 편하게 죽을까 에 대한 궁리를 할 뿐이었다. 자살 시도에 필요한 방법을 모으고 있었다. 언제든 기회 조건을 맞추게 되면 자연스레 삶을 포기할 준비를 하고 있었다. 그렇게 내 삶은 망가지고 있었지만 나는 나의 삶을 사랑하지 않은 채 그저 한낱 길가에 돌과 다를 바 없이 나를 버리면서 살았다. 사회생활에서의 나는 언제나 웃고 있지만 나 혼자 남게 된 나는 무표정 그 자체였다. 세상의 모든 우환을 내가 다 짊어진 표정으로 살았다. 문득 거울을 보고 있으면 웃지 않으면 나에게서 약간의 살인자의 눈빛을 느끼곤 했다. 내 정신에 문제가 있어서 인지 모르겠지만 무표정의 내가 나를 거울로 볼 때면 나조차도 두려움을 느끼곤 했다.

그렇게 삶을 이어갔다. 나의 인생은 미래를 위해서 살아가는 것이 아니라. 죽음으로 가는 순간순간이라고 생각했다. 그저 죽기 위해서 살아갔다. 어디든 어디서든 나는 죽을 준비가 되어 있는 삶이었다. 죽음에 대해 면역이 생겼다. 죽는 것이 두렵지 않았다. 죽음을 찾아 다녀야 했지만 다행히도 나는 그 정도까지의 상태는 아니었다. 그저 죽음 어서 내게 오길 바라는 마음으로 세상을 살아갔다. 나 자신을 사랑하고 소중하게 생각해준 그녀가 있었다. 현실은 나 자신을 사랑하지 못한 나를 사랑해주는 그녀가 있었다. 살아가는 이유를 만들어 주는 이유를 나의 자격지심으로 그녀를 맹신 하지 않았다. 사랑한다고 말하고는 있지만 그녀를 진심을 들으려 하지 않았다. 어느새 마음에 악마를 만들기 시작했다. 우울이라는 악마를 만들어 그녀를 더욱 더 믿지 못하게 되었다. 그녀가 다른 남자와 친하게 지내는 것을 싫어하지도 생각 하지도 않았다. 차라리 다른 남자에게 가서 나를 버릴 것이라고 혼자만의 생각으로 그녀에 대한 믿음에 나의 우울이라는 이름으로 그녀에게 나를 버리는 선택을 하라고 강요했다. 그렇게 나는 그녀를 시험에 들게 했다. 나를 버릴 것인지 아닌지를 매사에 선택을 강요하게 만들었다. 내가 선택 하고 그것에 대한 책임을 지고 싶지 않는 나는 그녀를 자꾸만 우울이라는 폭력으로 선택을 강요했다. 내 자신을 좀 먹는 우울의 강제된 선택을 그녀에게도 선물을 해줬다. 참으로 이기적인 사랑이었다. 그 선택에 대한 책임을 질 수 있다면 나는 그녀를 사랑하겠다는 말로 사랑을 빌미로 나의 우울을 책임지라는 강요의 저울질을 그녀에게 주면서 책임을 전가했다. 나는 그 당시에 믿음에 대한 단어의 뜻을 사랑이라는 뜻의 단어를 잘못 이해하고 있었다. 나의 책임을 나를 사랑하는 사람에게 전가하는 비겁한 사람이었다. 지금에서는 잘 알고 있고 다시는 그런 사랑을 하지 않을 것이라는 것을 너무도 잘 알고 실수는 반복하지 않으려 노력하겠지만 나는 우울이라는 이름으로 가장 초라한 나를 온전히 받아준 사람을 내가 쫓아 버렸다. 내 인생의 모든 선택은 후회였지만 그녀에게 강요한 선택은 내 우울에 있어서 잊지 말아야 할 존재로 자리매김했다. 나의 우울을 이야기하는데 그녀의 이야기를 하지 않으면 안 될 만큼 나는 그녀의 연극에서 우울을 담당한 사람이었다. 약을 꾸준히 복용하고 나서도 그녀는 행복하기를 바랄 수 있는 내가 되였다. 흔한 노래 가사처럼 행복하길 바라였는데 아무래도 그때의 나는 많이 이기적이었나 보다. 그래도 지금 에서야 나는 함박웃음을 지으면서 그녀의 행복을 빌어 줄 수 있는 사람이 되었다. 비록 마음의 빚을 지니고 있지만 그래도 그녀가 행복해서 다행이다.

이런 나날을 보낸 나였지만 그래도 나는 나를 많이 행운아라고 생각한다. 비록 어릴 적 사랑을 받지 못했고 가족에게 버림을 받고 자랐고 폭력에 무방비 하게 살았지만 아직도 살아 있기 때문에 행운이라고 생각한다. 내가 지금 살아 있게 해 준 사람들이 나에겐 많다. 그 중에 한 명이 전 나의 연인이던 사람이기도 했다. 그녀 덕분에 나는 나를 알아 감으로서 여유라는 것을 그리고 나에 대해 더 잘 알고 나를 직면할 용기가 생겼다. 부모님에게 버림을 받았지만 그래도 먹고 자는 것을 제공 해준 어머니가 있다. 그리고 힘든 나에게 힘이 되어준 친구들도 많이 있다. 나는 세상에서 내가 가장 불행한 줄 알고 살았다. 나는 인복이 참 없다고 생각하며 살았다.

하지만 내가 가장 밑바닥까지 가게 되니 알게 되었다. 내가 생각하는 거보다 나를 위로해 주는 사람들이 많이 있었고 내가 죽으려 할 때마다 나를 걱정해주는 이도 많았다. 이 나이 까지 혼자 버텨서 살아 온 것이라 생각하지 않는다. 모두가 나를 걱정하고 나를 위로 해줘서 지금의 내가 있다고 해도 과언이 아니다. 지금의 나는 어릴 적 그리고 불과 얼마 전에 비해 많은 마음의 여유가 생겼다. 마음의 여유가 생기니 세상을 살아감에 있어서 내가 대하는 태도가 변화하기 시작했다. 언제나 좁은 선택지 안에서 좋은 결과가 없는 선택지에서 선택을 하기 에 언제나 후회가 남아 있었다. 지금은 선택지가 없다면 내가 만들면 된다고 생각한다. 좁은 선택지가 아닌 나만의 선택지가 생긴 것이다. 그것이 지금의 나다. 마음의 여유를 너무도 늦게 알아 버린 죄로 지금도 외로움에 살지만 그럼에도 나는 행복함을 느낀다. 내가 살아 있어서 웃을 수 있는 존재들이 내게는 아직도 많기 때문이다. 나는 그들 덕에 아직도 살아 있다. 웃을 수 있는 것에 감사함을 느끼고 삶을 살게 해 준 그 사람의 연극은 이제 해피엔딩인 연극이길 바란다.

보통의 사람들은 자신이 세상에서 가장 힘들고 가장 어려운 상황에 있을 것이라고 생각 한다. 하지만 그렇지 않다. 세상엔 나보다 더 욱더 힘든 삶을 사는 사람이 많다. 그 사람들도 살아간다. 그 사람들은 우울할 틈이 없다. 삶 자체가 바로 지옥 그 자체이기 때문이다. 그들은 우울을 인지 하지 못한다. 우울 자체가 삶 그 자체 이기에. 그러기에 나는 이렇게 말해 주고 싶다. 자신이 세상에서 가장 힘든 것은 맞는 말이다. 힘듬의 정도를 따지자면 원래 세상에서 내가 가장 힘든 법이다. 그렇지만 자신의 상황을 인지하고 자신이 할 수 있는 일과 하지 못하는 일을 나누고 살고자 하는 의지가 있다면 세상은 우리를 죽게 내버려 두지 않는다. 흔히들 입버릇처럼 말하는 말이 있다. "그래도 죽으란 법은 없네." 살고자 하는 의지만 있다면 살길이 보일 것이다. 그것이 무엇이 되었든 간에 지금 우울함에 빠져나오지 못하는 상황보다는 나을 것이다. 그러니 자신을 자책하지 말고 자신을 인정하는 법을 배우기 바란다. 옛 어른들의 말을 빌려 "라떼는 말이야." 를 시전 하자면 우울이라는 것도 그럴 여유가 있어서 생기는 것이라고 생각했다. 그렇하지만 꼭 여유가 있어서 생기는 것은 아니다. 유독 우울에 취약한 사람이 존재 한다. 그 부분은 자아가 형성 될 때와 타고난 DNA에 의해 결정이 되는데 그것은 다른 사람에 비해 감정에 취약하다는 것이다. 같은 상황이라 하여도 다르게 받아 들일 수 있다는 것이다. "라떼는 말이야."의 말 처럼 여유가 있어서가 아니라고 생각한다. 오히려 여유가 없어서 우울에 걸리는 것 같다. 무엇가를 해결해야 하는데 그걸 할 수 있는 능력이 없기에 남들보다 능력이 떨어지기 때문에 그런것이 아닐까 생각한다. 나 역시도 그랬다. 생각이 많아 지면 그 생각은 결국 안좋은 결과만을 가져 오게 되었다. 온 우주가 바라면 이루어진다 했던가? 그 말이 꼭 틀린 말은 아니다. 그걸 실제로 내가 겪고 있으니깐 말이다. 우울만 가득 하던 세상에서 살아 보겠다고 발버둥을 치다 보니 내게도 행운이라는 것들이 다가오기 시작 했다. 나는 행운과는 거리가 멀다고 생각했다. 하지만 실제로 내게도 온다는 것을 느끼고 있다. 그러니 우울에 취약해도 괜찮다. 우울에 자신을 망치고 있어도 괜찮다. 다 이겨내고 다 헤결 할 능력은 본인들이 가지고 있다. 단지 그걸 활용 하는 방법을 모르고 있을 뿐이다.

나의 경우에는 자신을 죽이는 일 그것으로부터 시작되었다. 내가 옳다고 생각했던 나의 과거의 선택은 최선이 아니었다. 시간이 점점 지날수록 나의 선택은 최악이었다는 걸 실감하게 되었다.

나는 몰랐다. 그동안 연애를 하면서도 몰랐고 그동안 살아있음에도 몰랐다. 사람의 감정이라는 것이 그렇게 쉬이 전이가 된다는 것을 몰랐다. 우울이라는 감정은 내 안에 자리 잡음으로 인해 내 삶을 망치는 독과 도 같은 것이라는 것인지를 몰랐다. 나는 괜찮은 척 살아가면서 웃고 있지만 나의 우울감은 언제나 내 마음에 같이 있어 주위 사람에게 전이된다는 것을 몰랐기에 너무도 위험한 존재가 되어 살아 있는 것만으로도 세상에 죄를 짓고 있었다. 나는 걸어 다니는 시한폭탄 그 자체였다. 언제 터질지 모르는 걸어 다니는 시한폭탄이었다. 그렇게 나는 죽음을 찾아 방황 하는 인생이었다. 내가 그녀가 절실히 필요 했지만 그녀를 위한다는 거짓말로 그녀를 떠나 보냈다. 그녀를 떠나 보내고 죽음으로 가는 순간순간을 방황하던 중에 무언가에 홀린 듯이 한 권의 책을 사서 읽게 되었다. 그 책은 바로 조력자살에 관한 책이었다. 나의 뇌리를 스친 생각은 너무도 나를 생각지 않은 위험한 것이었다. 하지만 나는 그 책을 꼭 봐야겠다고 생각 하여 책을 사서 읽었다. 아프지도 그렇다고 내 손을 더럽히지 않는 방법이라고 생각하고 인터넷에 검색까지 했다. 아이러니하게도 내가 생각지도 못한 돈이 필요로 하였다. 나는 그 돈을 모으기 위해서 일을 헤야 했다. 어느새 나는 죽기 위해 돈을 모은다는 말도 안 되는 사람이 되어 있었다. 이 사실을 알고 있는 사람은 별로 없다. 모든 것을 숨긴 채 아무도 모르게 숨겨야 했다. 나는 그렇게 정신과 의사를 속이려고 정신과를 다시 가게 되었다. 주치의 앞에서의 나는 내가 아니었다. 연기를 하는 내가 있었다. 모두를 속이고 마지막에 그저 홀로 떠나려고 머릿속에 가득하였다. 하지만 이런 허무 하고 나약한 이 선택이 나에게 도움이 될 줄은 몰랐다. 그저 나는 죽기 위해서 정신과를 꾸준히 다니게 되었다. 불행인지 다행인지 모르겠지만 우울증 약을 먹기 시작하면서 또 다른 내가 보이기 시작했으며 현실이 보이기 시작했고, 내가 어떤 상태인지 인식하게 되었으며 감정의 전이라는 것을 배우게 되었다. 주위에 이런 친구들 하나쯤은 있는 "쟤는 심성은 착해" 그런 아이가 나였다. 그건 내가 아닌 내가 흉내 낸 내가 생각하는 착한 사람의 모습이었다. 한 편 전이라는 것을 알게 되면서 나는 남들에게 우울 폭력을 행사하지 않으려고 노력했다. 그리고 우울증 약을 복용하면서 한 가지 한 행동이 있는데 이것을 추천하지 않는 방법이긴 하지만 이것만큼 나를 돌아보고 내 주위 사람들을 다시 생각하게 하는 방법이 없다고 생각했다. 나를 지키기 위해서도 남을 위해서도 가장 중요한 방법 바로 나의 우울증을 인지 시켜주는 것이었다. 우리 내 사회는 우울증에 대한 인식은 좋지 않다. 정신이 약한 사람, 혹은 정신병이 있는 사람. 그리하여서 나의 우울증을 인지시켜주면 상대방이 어떤 사람인지 확실하게 판명이 된다. 보통 3가지 분류로 나뉘는데 첫 번째 "그런 걸 왜 나한테 말해? 그런 거 말하는 거 아니야." 이 사람들이 가장 악질인 사람이다. 내가 우울증이 있다고 자신보다 하대하는 사람이다.

단지 우울증이 있다는 이유로 나를 하대하기에 나올 수 있는 대답이다. 그리고 그런 걸 자신에게 말하는 이유를 전혀 모른다. 자신은 나를 그렇게 친한 사이가 아니라고 여기는 것이다. 그런 말을 하는 나에게 약점이라고 생각하기에 들으려고 생각도 안 한다. 못 들은 척 그렇게 위선적으로 나를 대하기 시작하고 나와 멀어진다. 자신에게 도움이 안 되는 걸 알기에..

그리고 두 번째 "그래? 힘들겠다." 이 부류는 참 단순하다. 서서히 나에게 떨어져 나간다. 나와의 거리를 둔다. 이 사람들 나쁜 사람들은 아니다. 그저 자신을 지키기 위해서 나를 멀어지는 사람들이다. 이들은 똑똑한 사람들이다. 자신이 나로 인해서 힘들어 지기 힘들어하는 사람들이다. 이들은 나와는 멀어지지만 나와의 연을 끊지는 않는다. 그저 안타까움을 가지고 있지만 그것 뿐이다. 나에게 어떤 영향력도 없고 나 역시도 그들에게 어떤 영향력이 없다. 그러기에 대부분의 사람은 이렇게 반응한다. 그저 이야기를 들어준다. 그리고 거기서 끝이다. 마치 알고 있는 사실을 또 듣는 사람의 행동을 그저 무의미한 대화와 무의미한 시간들이라고 생각하는 사람들이다. 그리고 마지막 부류의 사람들이 존재하는데. 나의 우울증을 이야기하면 왜 이제서야 이야기 하냐고 화를 내는 사람들이다.

그리고 그런 사람들은 대게는 마지막에 이런 말을 해준다. "말해줘서 고마워." 그때 알게 되었다. 나의 병은 감출 것이 아니고 표현해야 한다는 것이었다.

우울은 창피한 것이 아니다. 우울증은 마치 감기와도 같다. 감기처럼 전염이 되는 것은 아니지만 쉽게 고칠 수도 없지만 상태 완화는 하게 헤어준다. 감기가 걸렸다고 피하는 사람이 있는 반면 아프다고 약을 챙겨주는 것과 같은 이치이다. 우울과 싸우는 일은 힘든 일 일 수도 있다. 우울증은 사람을 잃는 것을 극도로 싫어하기에 나를 떠나가면 어떻게 하는지에 대해 두려워하기에 너무도 위험한 방법이기도 하다. 하지만 나는 그걸 견딜 수 있다는 허황된 자신감이 있었다. 그리고 실제로 나는 견뎌 냈다. 그래서 모든 사람들에게 나의 우울증에 대해 이야기하였다. 그렇게 나는 내 인생을 같이 걸어갈 사람들을 판별하게 되었다. 그리고 이것을 말해준 이유는 언제라도 내가 자살을 할 수 있으니 나의 자살에 놀라지 말라는 의미 에서였다. 재미있게도 나의 자살에 대해 놀라지 않았으면 하는 바람에 말했지만 말을 한 결과가 결과적으론 내가 자살할 수 없는 이유가 되어버렸다. 마지막 부류 사람들 때문에 더 살기를 노력하게 되었다. 그들은 나를 진짜 걱정해 주는 사람들이라는 것을 알게 되었다. 그들의 마음에 나라는 사람이 그렇게 쉬이 사라질 존재 아니라는 것을 알게 되었다. 그렇게 나는 자살이라는 단어를 살자 라는 단어로 머릿속에 새기게 되었다. 참으로 기구 한 운명 같았다. 우울증으로 인해 나는 언제나 죽고 싶다는 생각을 버리지 못했는데 사람으로 인해 죽지 못하는 사람이 되었다. 사람을 믿지 않는 나이기에 나는 우울로 인해 사람을 제대로 믿는 사람이 되었다. 경계선 인격 장애이기에 가능한 것인지도 모르겠다. 극과 극 밖에 모르는 사람이기에 요즘 말로는 호불호가 정확한 사람이기에 나의 사람이라고 여기면 모든 것을 믿을 수밖에 없는 사람이 되었고 내가 죽으면 슬퍼할 것이라는 믿음을 가지게 되었다. 내가 죽는 것은 문제가 되지 않았다.

그들에게 내가 아파서 자살했다는 소식을 듣게 하고 싶지 않았다. 그래서 더욱 더 강력하게 살아야 한다는 것을 알게 해 주었다. 사람을 믿지 않던 아이는 그렇게 사람들로 인해 자살을 시도하지 않게 되었다. (실제로 자살하면 지옥 끝까지 쫓아가서 죽여준다는 형도 있었다.) 그들은 진심으로 나를 걱정해주었고 진심으로 나를 생각해주는 사람들이 생겼다. 그렇게 하나씩 내가 살아야 하는 이유들이 늘어만 갔다. 인생이란 참 기구 하게도 한 끗 차이다. 자살과 살자 란 단어가 반대로 읽으면 다른 의미가 되는 것처럼 하나의 생각으로 삶이 바뀌기도 한다.

자살을 꿈꾸며 행동하기 위한 나의 선택은 오히려 살아 가는 나의 미래를 보여 주었고 내가 살아가야 할 이유를 알게 해 줬다. 이이 제독이라는 말이 있다. 독은 독으로 다스린다. 이 말이 내게 있어 가장 어울리는 단어가 아닐까 싶다.

나는 비혼주의자였다. 그 이유는 앞서 말한 것 처럼 언제 죽어도 모를 내가 결혼이라는 것은 너무도 이기적인 행위라고 생각했다. 그리고 우울증은 유전으로 내 아이에게도 물림을 받을 수도 있다. 그래서 결혼을 하고 싶지 않았다. 하지만 요 근래에는 생각이 바뀌었다. 내가 먼저 걸어 봐서 잘 알기에 내가 내 아이의 편에 서서 언제나 세상을 살아가기 위해서 힘든 부분을 채워준다는 생각을 하곤 한다. 지금은 누구보다 결혼에 대해서 긍정적이고 누구보다 결혼에 목말라 있다.

누구의 선택이 나를 만든 것이 아닌 나의 선택으로 만든 가정을 이루고 싶다. 그 가정을 내 힘으로 지키고 싶다. 그 누구보다 가족의 의미를 내가 알려 줄 수 있는 가정을 만들어 보고 싶다. 그만큼 가족의 정 가족의 믿음에 대해 많은 것을 지식으로는 알고 있다. 그러니 말할 수 있다. 지금 당신의 가족은 당신이 생각하는 것보다 당신을 사랑해야 할 것이다. 그리고 사랑을 해 주고 있다. 가족이 가적이 되지 않는 세상이 되기를 원하고 원한다. 그건 내가 경험 한 것으로 끝내고 싶다. 악습은 나만으로 족하다. 더 이상 내려가면 안 된다고 나는 오늘도 내 일도 그리고 나의 인연을 만날 때 까지 그 믿음을 지키고 싶다.

현재의 나를 알게 해주고 과거의 나를 인식시켜 준 것은 놀랍게도 책들이었다. 나는 애초에 책과는 거리가 먼 사람이었다. 태어나서 작년을 제외하고 읽은 책은 10권도 되지 않는 사람이었다. 무엇에 홀린 듯이 나는 책을 사서 보았고 책을 사서 본 이후로 1년 안에 21권을 책을 읽었고 25권가량의 책을 샀다. 나에게 맞지 않는 책이라 판단되면 바로 팔아 버렸다. 어느새 1년 만에 나는 애서가가 되어 있었다. 한 달의 한 권의 책을 읽는 사람이 되었고 마음이 힘들거나 집중이 되지 않으면 책을 펴는 사람이 되었다.

불과 단 한 가지 선택 이였다. 내가 죽으려고 결심한 순간 나의 세상은 살아가라고 말하고 있었다. 원래 내가 누리고 살아야 했던 원래는 내가 해야 했던 일들이 나의 미래에 기다리고 있었다. 그렇게 나는 내가 어떤 사람인지 내가 무엇을 해야 하는지에 대해 정말 많이 알게 되었다.

이렇듯이 나를 알아가는 과정은 우울증에 있어서 가장 치료법중 하나이다. 그러니 자신에게서는 도망치지 않았으면 좋겠다.

세상이 모두 당신을 힘들게 할 지라도 나는 이 말을 해주고 싶다. 사람은 변한다. "사람은 고쳐 쓰는거 아니야.", "쉽게 변하면 죽는다." 등의 말들이 있는데 사람은 변한다. 지금 이 순간에도 누군가의 성격은 변해 기고 있다. 습관도 변한다. 어떻게 행동 히느냐에 따라 있던 습관도 없어지고 없던 습관도 생겨 난다. 그래서 나는 자신 있게 해줄 수 있는 말이 있다. 사람은 변한다. 그 변화를 선택 하는 것은 다른 누구도 아닌 바로 내 자신이라고 생각 한다. 실제로 나도 변하고 있는 중이다. 나쁜 습관은 버리고 좋은 습관만 가지려고 노력 한다. 언제나 같은 자리에서 도망만 치다가는 자신에게 돌아와야 할 행복과 행운은 오지 않는다. 아주 작은 것이라도 좋다. 나를 바꿔줄 무엇가를 찾길 바란다. 그것이 이성이 되었던 취미가 되었던 어떤것이든 상관이 없다. 그 작은 것 하나에 자신이 바뀔수 있다는 점만 기억하고 우울에서 부터 자유 로워지길 바란다. 인생에 있어서 우울은 독 그 자체이다. 독을 품고 살아야 하는 것이 우리들의 삶이 아니기에 변화 하길 바란다.

제2장
질풍노도로
나의 우울을 감추다

대화만큼 사람에 대해 알기 좋은 수단은 없다.
그것은 나를 알아가기 에도 가장 좋은 수단이다.
나를 알지 못하면 치료해 가는 과정이 가시밭길일 것이다.
그러니 과거의 나와 지금의 나에게 질문을 던져 보기를 권한다.

잦은 말썽, 그것은 사춘기가 아니었다

과거의 나만큼 나를 지칭하고 나를 표현하기에 적합한 대상은 이 세상에 있을 수 없다.

과거에 매달리라는 말이 아니다.

과거에 대한 대가를 지불하지 않는다면,

과거의 대가는 이자가 붙어서 현실을 망치게 된다.

청소년기에 나는 많은 말썽을 피웠다. 동네에서 알아주는 말썽쟁이였다. 심지어 때리지도 않았는데 나만 보면 도망치는 아이들도 많았다. 단지 가출을 자주 한다는 이유로 내 밑의 동생들은 나를 피해 다녔다. 비폭력주의자이기에 폭력을 쓴 적은 많지 않다. 맞아 본 사람이 맞는 고통을 알기에 나는 더욱 더 폭력에게서 멀어지려 하고 있었다. 청소년때를 생각 해보면 질풍노도의 시기라 할 만큼 많은 말썽을 치고 다녔는데 그것은 사춘기이기 때문이 아닌 우울증으로 인한 내 자신에게 상처를 주는 행위가 아니었을까 생각한다. 그렇게 함에 나는 과거의 나를 생각 하고 나를 돌아 보는 계기가 되었다.

청소년기에 남들은 반항하고 투쟁하면서 사춘기를 맞이 했지만 나는 도망치는 우울과 맞이 해야 했다. 그때 내게는 다른 선택지 따윈 없었다. 그저 도망치는 것만이 내 머리속의 정답이라고 생각했다. 무엇이 그리 두려웠던 것일까? 누군가에게 잘못을 지적 받아 그것이 폭력이 되는 것이 두려웠던 것일까? 청소년기의 나와 마주 할 때면 언제나 무엇이 정답이었을 지를 되 묻곤 한다.

아마도 나는 적어도 가족은 믿었어야 했던 것 같다. 나는 그 선택지를 내 안에 두지 않았다. 나는 과거의 두려움으로 가족은 물론 모두를 믿지 못한 청소년이 되어 버렸다.

내 안에서 내가 우울이라는 악을 만들어 버린 것만 같았다. 그것이 내가 청소년기에 가장 잘못된 선택이 아니었을까 생각한다.

과거의 나와 마주하는 일은 매우 위험한 양날의 검 과도 같다. 견디지 못할 시련과도 같다. 나의 경우 제대로 직면하기까지 너무도 많은 자살 시도와 우울함의 끝을 보면서 까지 과거의 나와 마주할 수 있었다. 우울이라는 병이 그런 것인지 아니면 나 자신이 그런 것인지는 모르겠지만 과거의 나라는 인물은 너무도 싫었다. 과거라 하면 내가 지

내온 바로 어제의 나를 지칭하는 것인데 그것마저 너무도 싫었다. 사실 과거의 나만이 아니었다. 현재를 살고 있는 나조차도 싫었으니 과거의 나 역시도 싫을 수밖에 없었다.

나의 외모가 마음에 들지 않았다. 나의 피부가 싫었다. 내 몸은 내가 싫은 것들만 가득 했다. 그래서 거울을 자세히 볼 자신이 없었다. 거울을 마주 하는 나를 보면 마주 거울 안에 내가 말을 할 것 같았다. 그래서 무서웠다. 과거의 내가. 그리고 현재의 내가 나를 질책할 것 같아서 무서웠다. 그래서 거울을 극도로 싫어했고. 내 모습이 어디에 남는 것이 너무도 싫었다. 그렇게 유일하게 세상에서 나를 배신하지 않는 유일한 존재인 나라는 자신에게서 도망쳤다. 그렇게 도망쳐야 했다. 안 그러면 내가 나의 손으로 자살 시도를 하여 나를 죽일 것만 같았다. 살 이유는 없었지만 그렇다고 죽을 이유도 없었으니 나는 과거의 나에게서 두려움을 느끼고 도망쳤다. 그 행위가 내 안에 우울증이 자라게 하는 지도 모른 채로 나를 외면하였다. 내 감정에 대해 솔직하지 못하고 나를 표현하는 법을 알지 못했다. 마음 속 안에 우울이 썩고 썩어서 나를 죽이고 있는 것조차 모른 채로 나는 우울이 자라도록 좋은 환경을 만들어 주고 있었다. 두려운 일이었지만 나는 병원을 다니기 시작하면서 가장 먼저 한 일은 과거의 나와 대화를 시도 하는 것이었다. 이렇게 말하면 정신병자 취급할 수도 있지만 나는 나에게 질문했다.

내가 왜 무엇을 두려워하고 있고 내가 왜 이런 것들에게 고통을 받고 있는지에 대해 알아보기 위해서 나에게 많은 질문을 던졌다. 내 기억에 왜곡이 없는지에 대한 검증도 했다. 내가 하고 있는 일이 몸에 베여서 그런지 나에 대한 답에 대한 결과 값이 맞는지 체크를 계속 하고 나에 대해서 더 잘 알아야 하겠다고 삶을 살면서 무엇을 했고 어떤 행동들이 있었고 어떤 감정들이었는지 하나 하나씩 체크 하였다. 그렇게 나는 과거의 나를 인식하고 나서 내 자신이 초라하고 불쌍하게 느껴졌다. 멍청하고 미련했다는 생각이 들었다. 무엇이 그리 무서워서 도망치고 다녔는지 왜 그것을 견디지 못해 주었을까에 대한 과거의 나에게 너무도 미안함에 잠들 때면 언제나 과거의 나에게 미안하다고 울면서 이야기해줬다. 충분히 버틸 수 있었는데 내가 잘못된 선택들을 하여서 과거의 내가 상처투성이의 마음을 가질 수밖에 없음을 너무도 미안함에 울면서 잠이 들었다. 매일이 나를 위해 울어주는 시간이었고 나를 용서해 주어야 하는 날들이었다. 그렇게 시간을 버릴 수밖에 없는 환경을 만든 내가 나를 안타까워해서 나를 위로해 주는 시간을 많이 가지게 되었다.

이 세상에서 나를 위로해 줄 사람은 오로지 나만이 가능한 일이기에 그 누구도 그 마음을 채워 줄 수 없다는 걸을 너무도 실감하는 나날들이었다. 그런 나날들이 있기에 이렇게 글을 쓴다는 생각을 하게 되었고 누군가에게 힘이 되어 주는 마음으로 나의 이야기를 하게 되었다. 내 우울이야기를 하게 되면 누군가는 이런 나를 용기 있는 사람이라고 표현하는데 나는 용기 있는 사람이 아니다. 그저 미련했던 과거에 대한 속죄이면서 나 같은 사람들이 덜 힘이 들길 바라는 마음으로 글을 처음 쓰게 되었다. 나 같은 사람이 또 있을 것이고 누구에게도 위로를 받지 못하는 사람이 있을 것이라는 욕심에서 시작했다. 내가 그들에게 마지막 선택을 하게 되었을 때 나의 글이 머리에 스치듯이 지나가면서 한 번의 선택은 미룰 수 있는 사람이 되기 위한 저의 위선자적 욕심으로 시작한 것이라 용기와는 거리가 먼 행동이다.

만약에 나는 나민 아는 극단 이기주의라면 아마도 내세 이런 기회도 오지 않을 것이다. SNS을 통해 나는 나의 사리사욕을 챙겼을 것이다.

그래서 나는 나를 표현할 때 이런 식으로 표현하고 싶다. 때론 미련하고 때론 예민하지만 가슴이 따듯한 이기주의자라고 표현 하고 싶다. 뭔가 어울릴 것 같지 않는 단어의 종합 선물세트 같지만 내가 되고자 하는 이기주의자의 모습이다. 난 이기주의자이긴 하지만 남들의 불편함 까진 아니더라도 남의 자유를 헤치는 것은 나의 가치관을 바꾸는 것과 같다고 생각한다. 자신의 가치관을 바꾼다는 것은 그것은 자신의 살아온 시간을 거부한다는 것이다. 그 만큼 내 안의 자유는 남에게 피해가 가지 않는 것이다. 남에게 피해를 주는 자유는 극단적 이기주의라고 생각한다.

나는 나만 알지만 남을 걱정 하고 남을 신경 쓴다. 모순되는 것이 바로 나이기에 나는 이것을 감추려 하지 않는다. 난 지극히 나의 안정을 우선시한다. 그 어떤 것보다 나의 안정이 없다면 나는 극단적 이기주의자 될 것이라는 것을 알기에 나는 오늘도 나는 나의 안정을 위하여 약을 복용하고 나를 위하여 글을 쓴다. 그것이 비록 누군가를 생각해서 쓰긴 하여도 기본 맥락은 내가 기분이 좋기 위해서 하는 행동이다. 그리고 또 하나의 가치관이 있는데 말한 것은 지키려고 노력한다. 이렇듯 내가 하는 행동은 그저 내 이기적인 마음을 채우기 위한 행동이지 남을 기쁘게 하게 위해서가 아닐 만큼 나는 나를 위해서 생각하고 나를 위해서 모든 것을 한다. 그러니 나의 욕심이니 나의 글에 위로를 받았으면 좋겠다. 힘들면 힘들다고 말했으면 좋겠다. 그것이 누가 되었든 간에 아파본 사람이기에 아픈 걸 알기에 더 큰 위로가 되고 싶었다. 단지 나의 욕심이었다. 가능한 지 불가능한 지는 내게 중요하지 않았다. 모든 것이 내 욕심에서 시작되었기에 말할 수 있다. 나를 돌아보니 알겠더라. 나는 정이 많은 사람이고 남들에게 도움을 주는 걸 좋아하는 사람이라고 그래서 누군가에게 도움이 되고 싶다. 그렇지만 나의 생김새는 마치 몽골족의 족장의 날라리 둘째 아들처럼 생겨서(대충 무섭게 생겼다는 뜻) 선뜻 나에게 도움을 청하지 않는다. 나는 그들에게 도움이 되고 싶다. 살아야 할 이유가 되고 싶다. 그것을 욕심이라 부르고 이루지 못할 꿈이라고도 부른다. 하지만 나는 이것을 포기하지 않는다. 나는 할 수 있을 것이다. 나는 그저 이 자리에 멈춰 서서 기다리면 되는 일이다. 지금은 아무도 오지 않을 수도 있다. 다음 해에도 안 올 수도 있다. 그 다음 해에 영원히 오지 않을 수도 있다. 그렇지만 나는 기다리려 한다. 그 누군가가 필요로 하는 도움이 손길이 필요할 때 그 자리에서 손을 내밀어 주고 싶다. 그때가 내가 바로 당신들을 맞이 하는 순간이기 때문이다. 그리고 그 순간이 내가 제일 기다려온 순간이기에 그 순간을 놓치지 않기 위해서 나는 오늘도 준비를 하고 있다. 내일도 준비를 할 것이고 그 후에도 준비를 하면서 긴장의 끈을 놓지 않을 것이다. 나와 같은 사람이 더 나오지 않기를 바라며 나와 같은 사람이 이제는 조금 덜 아파 하길 바라면서 이제는 과거의 나를 묻어 두고 과서에 힘들어 하는 이에게 도움이 손길이 되고자 한다.

이미 걸어 보았고 내가 앞으로 걸어가야 할 길이기에 힘든 과거를 가진 사람들에게 힘이 되어 주고 싶다. 물론 나도 사람인지라 모든 것을 받아 줄 사람은 아직은 아닌 것 같다. 그렇지만 적어도 내가 내 밀 수 있는 손이 조금 더 여유로워 지길 바란다.

내가 겪어봐서 알고 있기 때문이다. 아주 작은 손길 하나에 무너짐을 견딜 수 있고 작은 용기 하나에 다시 일어 날 수 있다는 것을 너무나 잘 알기에 나는 그 손길을 오늘도 뻗어 가면서 살아가려 하고 있다. 내가 죽음으로 가는 순간순간이 우울로 힘들어 하는 사람들에게 희망이 되길 바라면서 말이다.

그때의 나는 우울증을 인지하고 있었다

사실 나는 이미 알고 있었는지도 모른다. 다만 외면하고 있었을 지도 모르겠다. 내 안에 자리 잡은 우울이라는 병은 내 마음속에서 절대 지우지 못하는 악성 종양처럼 나를 갉아먹고 있는 마음의 병이었다. 내가 살기 위해서 그 악성종양을 추억이라는 이름과 함께 잘라내야만 했다. 과거의 나와 마주 하면서 내 우울증의 자아가 된 이유가 무엇인지. 그리고 내가 도망칠 수밖에 없다는 것을 인정하였다. 내가 나를 용서하는 것이 위선적이라고 해도 상관없었다. 나는 나의 회복이 우선이고 나를 사랑하는 법을 알면서부터 나 자신만 생각하는 이기주의자가 되어갔다. 내 트라우마는 사랑을 받아야 할 나이에 사랑받지 못한 어린아이가 자신을 지켜주는 사람이 없다는 공포에 있다고 생각이 들었다. 그래서 어릴 적 나는 도망치는 가장 빠르고 나의 마음을 지키는 것이라고 판단하여 선택했다. 선택에 대한 후회로 격한 우울감이 오면 나는 나를 탓하지 않고 나의 격한 우울감이 지배하게끔 하는 존재를 증오를 넘어서 저주할 정도로 남에게 내가 선택한 책임의 대가를 전가하였다.

참 재미있게도 우울증을 가진 사람들의 특징 중 하나인데 인지를 하지 못하는 것이 바로 이것이다. "내 덧 이요." 라는 단어는 없다. 모든 것은 우울함을 주는 존재에 대한 피눈물을 흘리면서 원망하는 것이다. 사실 우울증은 자신을 너무도 사랑한 것에서 온 것이 아닐까 싶을 정도로 자신의 마음을 최우선으로 한다. 하지만 그것을 인지를 하지 못하고 언제나 내가 한 선택이 옳다고 생각했다. 사람들 앞에서는 다 내 탓이라고 이야기 하지만 그것은 거짓 연기이다. 나는 세상에서 가장 착한 사람이어야 했다. 피터팬증후군이라고 표현 해도 될 정도로 착한 척을 해야 했다. 내가 해야 할 일 가장 불쌍한 피해자 연기를 해야만 했다. 나는 제대로 선택했지만 너희가 그리고 세상이 나를 배신해서 내가 우울하다고 생각을 했다. 개인주의를 넘어서 이기주의자에 위선이 가득한 사람이었다. 그렇게 나의 우울에 다가 갈수록 내가 그동안 한 선택으로 피해를 입었던 사람이 있기에 그 사람들에게 너무도 미안한 감정이 흘러 왔다. 내 이기적인 우울적 행동을 극복하지 못한 채 한 선택들로 인해 정신적으로 감정의 전이를 받고 마음의 상처를 받은 전 연인들에게 너무도 미안함이 들었다.

나를 가장 사랑해 주었고 나를 가장 신뢰해 주었고 믿음이라는 것을 알게 해주었고 나의 우울을 치료하게끔 해준 전 연인에 대한 미안함에 전화기에 그녀의 번호를 몇 번을 눌러 보곤 다시 지웠다. 하지만 그걸 이제 와서 안다고 하여도 이미 늦은 일이었다. 우리나라 속담에 이런 속담이 있다. '소 잃고 외양간 고친다.' 그 당시에 나에게 가장 어울리는 속담이었다. 이미 물은 엎질러지다 못해 증발하였다. 내가 한 선택에 대한 후회와 상처를 고스란히 가져간 그녀에게 더한 고통을 하는 행위이다. 그래서 나는 밤하늘에 별을 보고 마음속으로 이야기를 함으로 마음이 전달되기를 바라고 가슴속 깊게 묻어 두었다.

그리고 나의 우울폭력에 대해 노트를 꺼내고 하나 씩 적어 나갔다. 그리고 하나씩 되새김하여 나에게로부터 도망치지 않겠다고 다짐했다. 그것이 나와 내 안에 우울의 벌이라고 명명지었다.

트라우마를 적어 가다 보니 우울증을 고치려면 다른 병과 매한가지로 일단 나의 삶을 되짚어볼 필요가 있었다. 나의 대한 선택이 최선이 아님을 인정해야 했다. 남들은 내가 한 선택을 자기만족으로 나를 욕 한다 해도 상관없었다. 그럴 듯한 이유를 붙어야 했고 나 자신의 마음이 다치지 않기를 바라는 마음에 나를 소중히 생각하게 되었다. 남들이 욕을 하던 나를 위선자라고 불러도 나의 트라우마는 고쳐지지 않기에 나는 차라리 나를 위한 위선자가 되기로 마음먹었다. 나의 행동에 대한 합당한 자기합리화가 필요 했다. 그것이 나를 알고 나에 대한 위선이 무엇인지 인지하기에 너무도 좋은 방법이었다. 나의 모든 행동이 우울증이라는 이유로 당연하다는 것이 아니다. 자기만족을 하고 내가 그럴 수밖에 없었음 인지 하고 그 선택으로 인해 고통받았던 이들에게 용서의 속죄를 위해서 나를 우선적으로 돌봐야 했다. 가장 중요한 것은 속죄할 내 자신의 마음가짐이 달라야 하였기에 그렇게 나를 위선적인 우울증자인 라는 타이틀로 나를 포장하였다. 이 방법이 트라우마에 대한 정답이 아닐 수도 있다. 하지만 내게 있어 위선자가 되는 것이 차라리 마음이 편했다. 그래서 나는 위선자인 사람으로 되는 것을 선택 하여 트라우마를 치료 하였다.

지금 내가 할 수 있는 것은 자기 합리화 후 에서야 내가 해야 될 일들이 생각에 들어왔다. 이미 지나간 연인들에게 연락을 해서 "그땐 이래서 그럴 수 밖에 없었어. 그래서 미안해."라고 해봐야 무의미한 일이다. 그들은 그들 나름의 극복을 했을 것이라 생각이 들었다. 그들은 잘못도 없으면서 고통 속에 살아야 했다. 내가 뿌린 씨앗을 내가 거두지 못했고 그걸 할 수 있는 방법이 나에겐 방법이 없었다. 잘못을 말하기엔 그들은 이미 다른 사람과의 행복한 삶을 살고 있을 것이고 내가 용서를 구한다 하더라도 그들의 상처가 낫지 않는다. 그러기엔 너무도 많은 시간이 흘렀고 그들의 삶에는 이미 내가 없다. 굳이 내가 그들의 삶으로 비집고 들어가는 것 자체가 더 위선자 같다고 생각했다. 나는 나 대로 위선자이면서 내가 입혀온 사람들에게 속죄하듯이 나와 같은 사람들이 나와 같은 선택을 하지 않기를 바라면서 글을 쓰기 시작했다. 글을 쓴지는 1년도 채 되지 않았다. 불행인지 다행인지 글은 쓰는데 제약이 없었으며 많은 생각이 필요치 않았다. 재능 인지는 모르겠지만 글을 생각 하면서 써 본적이 없다. 내가 하고자 하는 이야기를 생각 한 적은 있다. 지금 쓰고 있는 글도 목차는 만들고 쓰기 시작했다. 하지만 어떤 말들을 해야지 라는 생각을 하면서 쓰지 않는다. 그저 머릿속에 떠오르는 단어들을 집합해 놓고 있다. 그것이 앞 뒤 맥락이 잘 맞는지 그리고 남들로 하여금 위로가 되는지도 잘은 모르겠다. 하지만 그렇게 되기를 바라면서 쓰고 있다. 글을 쓰다가 불현듯이 두려움에 떨었던 적이 여러 번 있었다. 나 같은 하찮은 인생은 누구에게도 있는데 마치 내 인생이 제일 안타까운 인생이라고 비칠까 봐 겁이 났다. 내가 원하는 것은 "내 인생이 이렇게 불쌍해. 그러니 너희들은 위로를 해줘. 나를 불쌍히 나를 봐야해." 이것이 나의 목표가 아니다. 나의 삶에 대해 위로 보다 이런 나라도 살아야 할 이유를 찾아 살아가니. 제발 나로 인해 위로가 되어 주길 바라면서 글을 쓴다. 한 순간만이라도 나라는 사람도 살고 나라는 사람도 무언가를 위해 노력하는데 다른 사람들이라고 하지 못할 이유가 없을 것이라는 생각에 글을 쓰는 것이다. 이런 나라도 할 수 있는 일 있다는 것을 보여 주기 위해 글을 써 내려가고 있다. 이것이 내가 트라우마를 이겨내는 유일한 방법이라는 최면을 걸면서 나는 오늘도 글을 쓰는 행위를 멈추지 않는다.

생각해보면 나는 나를 지키기 위해서 살았다고 생각했는데 문득 나를 돌아보고 나니 모든 사람에게 책임을 전가하고 감정을 전이 시키며 살아갔다. 이기적이고 위선적인 사람은 바로 나였다는 것을 알게 되었다. 모든 것을 인정해야 했다. 나는 착한 사람도 아니고 그렇다고 배려심이 좋은 사람도 아니었다. 평범하길 원하고 희망하는 사람이었을 뿐이다. 지금도 내가 하려는 꿈 역시도 위선적이고 남들을 배려하지 않는다. 단지 나의 욕심에서 시작하게 되었다. 그러기에 남들의 칭찬에 어쩔 줄을 모른다. 칭찬하는 사람 앞에다 대고 내 이야기를 진부 하면서 전혀 칭친 받을 일이 이니라고 이야기하는 것도 칭찬한 사람에 대한 예의가 아니라고 생각해 나는 그저 웃음으로 이야기를 마무리하려 한다는 버릇이 생겼다. 어릴 적 위선적인 사람이 되고 싶지 않다고 길에서 어머니와 싸운 일이 있던 내가 정말로 위선적인 사람이고 나만 생각하는 이기주의자인 줄 모르고 살았다. 하지만 나를 돌아보니 인정하게 되었고 마음이 오히려 편하다. 그저 내가 좋아서 하는 일이기에 나는 조금 더 마음을 쓸 수 있는 여유가 생겼다. 남에게 칭찬을 받고 싶어서 하는 행동이 아니기에 마음의 평안도 있다. 내가 하고 싶어서 하는 것이기에 나의 시간과 돈을 써가면서도 나는 계속해 나가고 싶다. 단 한 명이라도 위로를 바라는 마음으로 글 쓰기를 멈추지 않을 것이다. 그 단 한명이 나로 인해 살아 준다면 나의 우울을 평생 가지고 간다고 하더라도 그 사람에게 삶에 위로를 선물해 주고 싶다. 그저 그 욕심 하나로 살게 되었다. 살고 있는 것이 아니라 살게 되었다가 맞는 표현이다. 그러기에 나는 오늘도 어디에 사는지 누구인지도 모를 불특정 다수 에게 위로를 선사한다. 혹시 내 위로를 받은 사람도 살기를 바라면서…….

이런 생각이 들다 보니 살면서 나도 모르게 남에게 우울을 선사한 것은 아닌지 차분히 생각해 본다. 그런 일은 없다고 말할 수 없는 삶을 나는 살았다. 그래서 이 글들을 계기로 그들에게 미안함을 표현한다. (연락할 방도도 없고 연락해서 말하는 것도 나의 이기심 일 뿐이다.) 이렇듯 나는 남의 자유에 대해 침범을 하기 도 했다. 잘못을 알고 있기에 지금은 그러지 않으려고 노력 한다. 그들의 자유에 대해 존중해주려 한다. 나는 그런 사람이고 싶어서 노력하려 한다. 아직도 많이도 부족한 사람이다. 그럼에도 노력하지 않는다면 내가 가진 꿈을 이루지 못하기에 나는 노력한다. 한 명이라도 나로 인해 위로 받기를 바란다. 나 같은 것이 그래도 되는지 모르겠지만 나는 이 부분에 있어서 극단적 이기주의자 이고 싶다. 나의 위로를 원치 않아도 위로를 받아라고 말하고 싶다. 그런 작은 위로라도 되길 언제나 바라고 글을 쓴다. 글은 내게 마치 수도꼭지처럼 틀어 주면 나오는 것이지만 그럼에도 위로가 되길 바라면서 최대한 밝은 글을 쓰려 노력한다. 우울한 글을 써보았지만 내가 기분이 좋은 것도 아니고 남이 기분이 좋은 것도 아니었다. 그래서 나는 남들에게 우울을 전달 하는 글을 쓰기보다는 힐링이 되는 글이 되고 싶다. 그래서 언제나 나의 마음을 위하여 이기적으로 행동하고 나의 감정을 우선시한다. 그렇지만 이것 역시도 고쳐야 할 것이라는 것을 잘 안다. 나의 미래의 가정을 위하여 남을 먼저 생각하는 나의 사람을 먼저 생각 하는 이기주의자이고 싶다. 그들이 존재하는 시점부터는 그런 삶을 살고 싶은 이기심에 오늘도 나는 이기심으로 가득 찬 내 세상을 살아가고 있다.

어릴 적에 사랑을 받지 못한 아이는 커서도 사랑을 믿지 못하고 사람을 믿지 못해서 여러 번의 사랑의 상처를 주고 나 홀로 도망쳤다. 그 결과 결국 자신에게 트라우마를 만들어서 우울이 기생하게 해 주었다. 트라우마는 가지고 살아야 하는 부분이 아니다. 친아버지에게 버려져 연인들이 떠나갈까 봐 매번 가슴 졸이는 짓을 해야 했던 나에게 불쌍함 마저 든다. 그녀들은 떠나가지 않았을 사람이다. 그저 나의 트라우마로 인해 떠나게 내가 만들었을 뿐이다. 내가 착한 사람이 되고 싶어서 책임을 떠넘긴 것뿐이다. 나는 하나도 착한 사람이 아니다. 선과 악을 나누는 기준이 무엇인지 모르겠지만 나는 선의 편은 아닌 것 같다. 그럼에도 내가 남들을 도우려고 하는 것과 내가 하려는 것들은 선에 속한 것들이다. 악 역시도 사람이고 남에게 베풀 줄 안다. 악이라 해서 모든 것이 악이진 않는다. 사람은 그렇게 만들어졌으니깐.

나는 나의 우울을 벗어 던지려 노력하고 있고 나는 나의 가치관을 믿으면서 나의 목표를 위하여 모든 지 할 예정이다. 그것이 나를 위한 일이고 내가 할 수 있는 일에 첫걸음이라고 생각한다. 내가 원하는 것을 이루기 위해선 남들의 욕 정도는 먹을 각오를 하면서 살아가고 있다. 욕이라면 이미 회사에서 세상에게서 많이 먹어 본 사람이라 남들의 욕 따윈 신경 쓰지 않는다. 그저 내가 이루고자 하는 것이 이루어지길 바랄 뿐이다.

이렇듯이 나는 아마 어릴 적에 나는 우울을 인지하고 있었던 것 같다. 하지만 애써 외면 한 채로 살아 왔다. 우울로 부터 도망친 것이다. 그것이 우울로써 자유로워지는 행위 인줄 알고 있었다. 하지만 그것은 썩어서 나를 병 들게 하는 나의 원인 그 자체였다. 그래서 나는 나의 의지로 병원을 다니고 나의 의지로 약을 먹는다. 모든 것은 나의 선택에서 비롯되었고 나의 선택으로 결정 지어진 일들이다. 예전에는 그렇게 나의 선택을 믿지 않았다. 아니 믿을 수 없었다. 내 자신도 믿지 못했으니깐. 하지만 지금의 나는 나를 믿어 주고 나를 응원해 준다. 그것이 나이고 다른 것도 나이기 때문이다.

나를 알고 나를 바로잡는 법

용서라는 것은 누군가를 용서를 해주기 전에 자신에게 먼저 용서를 구하지 않는다면. 그것은 용서가 아니라 위선적인 행위와 다르지 않다. 과거의 자신에게 용서를 해준 후 에서야 앞으로 살 것에 대해 이야기할 수 있다.

나의 우울을 따지고 보니 대부분은 나의 선택으로 인해 정해진 것들이었다. 그것은 바로 현실 부정이었다. 현실을 이해 할 수 없었다. 언제나 도망치고 싶었다. 물론 우울증이 온 것은 친아버지의 매우 잘못이 크다. 적어도 아무리 자신이 힘들어도 자식을 버리지는 말았어야 했다. 아니 적어도 자신이 키우겠다고 우리를 데리고 가지 말아야 했다. 그것부터 나는 망가지기 시작하였으니까. 어른들을 믿지 못하고 남들을 믿지 못하였다. 그 누구도 호의에 대해 친절에 대해 의심했다. 가장 큰 문제는 연인을 믿지 않았다.

과거의 나는 참 이기적인 사람이었다. 하지만 그렇게 않는 나를 연기하였다. 지금 생각해 보면 안타까움에. "무엇이 그렇게 내가 아닌 다른 나로 연기해야 했을까?"라는 의문을 던져 보니 확실한 답이 있었다. 버림받는 것이 두려워 거짓말을 하고. 아버지처럼 나를 버리고 떠나 갈 것을 매 순간 의심하고 불안해 하면서 연인들을 위협했다. "그래 그냥 내가 죽으면 되지. 내가 태어난 게 잘못이지."라고 연인에게 우울 협박을 했다. 그런 바보 같은 나를 마주 하니 씁쓸한 기분이었다. 차라리 약을 먹기 전으로 돌아가서 나를 속이고 도망치고 싶을 지경이었다. 차라리 남 탓을 하면 나는 나를 위한 위선자로 되기에 매우 간단히 해결되는 것을 잘 알기에 약을 먹는 와중에도 끊어볼까 하는 생각을 수도 없이 했다. 그럼에도 내가 돌아 가지 않은 이유는 내 안에 절대 바꾸지 않을 가치관이 형성 되어서 돌아가지 않을 수 있었다. 내 가치관이 무너지면 다시는 일어날 수 없을 것이라는 것을 나는 잘 알고 있었다. 그래서 나는 그런 처절하다 못해 바보 같은 아이인 나를 하나 하나 용서하기로 마음먹었다. 그때의 너는 그런 선택을 할 수밖에 없던 여린 마음을 가지고 있었을 뿐이고 너는 그저 자신을 지키고 싶었던 거라고 자기 위로를 해주었다. 하지만 잘못한 것에 대해서는 내가 나를 자책하는 것을 잊지 않았다. 나에게 당근과 채찍을 아끼지 않았다. 나는 사랑이라고 부르고 협박이라고 읽는 사랑에 대한 결과 값을 내가 가져가야 하는 벌이라고 생각했다.

사랑하는 사람에게 가장 하지 말아야 할 말을 간단히 해버렸다. 나에게는 매우 간단한 문제라고 생각했다. 그렇게 하면 연인들이 나를 버리지 않을 꺼라 생각했다. 나의 우울함을 이용 하여 협박하고 언어폭행을 했다. 폭행 부위는 그녀들의 마음속 깊은 곳이었다. 너무 깊이 박혀 빠지지 않을 정도로 깊이도 때렸다. 그것에 대한 처벌은 내가 가져가야 한다고 생각을 하고 있다. 과거의 나를 용서를 해주어도 절대 용서를 하지 말아야 할 부분이기에 나는 다짐 하고 다짐 하였다. 살아야 할 이유를 찾은 내가 살아서 잘 살고 있다는 것이 유일하게 그녀들에게 내가 줄 수 있는 마지막 선물이라 생각을 하였다.

그래서 나는 사는 것 자체가 벌이라고 생각 하면서 살고 있다. 또한 과거의 나에게 미안한 마음에 살고 있다. 나에게 자살은 과분한 정도로 많은 벌이 있는 지금을 살아가려고 노력한다. 그것이 나를 용서 하면서 그녀들에게 내가 해 줄 수 있는 속죄라고 생각했다. 글 쓰는 지금도 나는 자살이라는 단어에 대해 긍정적인 생각을 가지고 있다. 하지만 시도하지 않는다. 시도하지 않는 이유에 대해서는 앞서 이야기한 것들이 이유가 되기도 하지만 사람의 연이 생각보다 좁아서 어떻게 해도 내가 자살했다는 이야기는 그녀들에게 들어가게 되어 있다. 그래서 나는 벌을 받는다는 생각으로 살아가고 있다. 내가 살아야 그녀들 혹은 나의 편인 사람들이 마음 편히 살아가기를 잘 알기에 나는 살아감에 힘쓰고 있다. 불현듯이 오는 공황장애와 우울증에 힘들어

할 때면 처방 받은 약을 복용함으로 하루를 소비한다. 이런 방법은 결코 좋은 방법은 아니다. 그렇지만 때론 약을 의지 해서 라도 살아가는 것을 추천하고 싶다. 이런 나라도 나를 용서하게 된 큰 이유는 바로 내가 해야 할 일들이 생겼다. 내가 해야만 하는 일들이 생겼다. 그래서 나를 용서해 주기로 마음 먹었다. 내가 해야 하는 일들은 바로 나를 용서부터가 시작이기 때문이다. 나를 용서하지 못하고 내가 바로 서지 않는다면 내가 이루고자 하는 것을 하지 못하기에 나는 나를 용서하기로 했다. 이기적이라는 것을 알지만 그렇게 해야만 했다. 내가 하고 싶은 것은 바로 자살을 생각하는 나와 같은 이유로 자살을 생각하는 사람들에게 나는 이럴 때에 이렇게 해서 살아 가고 있어. 우리 같이 살아보자는 말을 세상에 던지고 싶다.

나로 인해 한 명이라도 살아가길 바라고 있다. 그러기 위해선 나를 용서하지 않으면 안 되었다. 내가 나를 믿어주지 않으면 안 되었고 나를 사랑해 주지 않는다면 내가 쓰는 글은 모두 것이 위선이라고 생각이 들었다. 나는 위선자에 이기주의자가 맞다. 하지만 내가 하려는 행위는 그렇지 않기 위해서 바로 필요한 것은 나를 용서하고 나 자신을 있는 그대로 사랑해 주어야 했다. 그래야 나의 본심이 전달이 되기 때문에 나는 나를 용서하고 나를 사랑하는 법을 알게 되었다.

나를 사랑해줘야 할 이유가 생기니 나에게 용서를 구해야 하는 일들이 나에게는 너무 많았다. 그래서 나는 과거의 나에게 울면서 용서를 빌었다. 나를 용서한다는 의미에서 착각을 할 수도 있는데 나에 대해 관대하라는 의미가 아니다. 나는 나에게 관대하지 않는다. 나에 대해 관대하게 용서를 구하는 것이 아니다. 나는 미련했던 과거에 너무 관대해서 미안하다고 전하는 것이다.

나를 바로 알고 나를 바로 잡는 것이 바로 나를 사랑하는 일이고 나에게 용서를 구하는 일이다. 글을 쓰다 보니 언제나 내가 피해자 인 것처럼 말할 때가 많았는데 나는 피해자이긴 하지만 가해자의 입장이 더 많았다. 그러기에 언제나 죄책감을 가지고 살아간다. 언제나 죄송한 마음에 살아간다. 살아가는 것만이 내가 피해를 입힌 사람들에게 사죄 하는 길이라 믿기에 나는 나에게 절대 관대하지 않는다. 그러함에도 나를 용서할 수 있는 것은 나도 그녀들과 매한가지로 나로 인한 피해자이기 때문이다. 과거의 나는 내가 그렇게 힘들게 하였기에 용서를 하는 것이 아닌 용서를 구하는 것이다. 그것을 할 수 있기에 나는 있는 그대로의 나를 사랑할 수 있게 되었다. 나는 사랑을 알기에 사랑을 여러 사람들에게 전파하고 싶다. 그렇게 모든 이에게 착한 사람이고 싶다. 비록 그것이 나의 본모습이 아니더라도 충분히 그렇게 해도 되기에 나는 오늘도 노력한다.

누구를 위해서가 아닌 나와 같은 길을 가게 될 사람들 그리고 나와 같은 선택을 하게 될 사람들에게 자신이 생각하는 것보다 더 많은 선택지가 있으며 그 선택지에는 좋은 결말 그리고 서로를 위한 결말이 있다는 것을 알기에 나는 그 선택지를 넓혀 주는 일을 하고 싶다. 도망이라는 결론만 있는 것은 아니다. 그리고 나 만을 위한 선택지만 있는 것도 아니다. 세상에는 서로를 그리고 우리를 마지막으로 세상을 위한 선택지도 있다. 단지 우울증이라는 거대함에 다른 선택지를 못 보고 있을 뿐이다. 그리고 우울증으로 인해 자신이 빛나고 있다는 것을 모르고 있을 것이다. 삶을 살아가는 자체로 빛이 나는 행위인 것을 모른 채 살아가는 사람들에게 알려주고 싶다."당신도 충분히 빛나고 충분히 아름답다고."

사람이 일이라는 것 오묘하면서 즐겁다. 나를 돌아 보지 않고 모든 일에서 외면 하고 살던 나에 비하면 지금은 매우 안정적인 삶을 살고 있다. 지극히 평범한 하루를 보내고 평범한 일상을 보낸다. 남들처럼 살 수 있는 출발 선에 서게 된 것이다. 이것만 놓고 보면 오묘하고 재미있는 이야기가 아닐 것이다. 내가 긍정적으로 변한 것도 아닌데 주위에 긍정적인 사람들이 생기기 시작 했다. 그 사람들로 인해 나의 나쁜 점을 인지 하게 하고 그 점을 고치려고 노력 하게 한다. 사실은 예전부터 나를 걱정 해준 사람이 많았을 것이라 생각 한다. 왜냐면 나는 인복이 좋기 때문이다. 좋은 사람들이 나 에게 모여 드는 성질이 있는 것 같다. 실제로도 많은 사람들이 많은 조언을 하여 주었지만 나는 그 조언은 귀찮은 잔소리라고 생각 하고 한 귀로 듣고 한 귀로 흘려 들었던 것 같다. 하지만 마음 가짐이 달라짐에 따라 모든 일들이 조언이었다. 귀찮은 잔소리가 아니게 되었다. 단지 내가 했던 행동은 하나. 현실에서 도망치지 않기. 그것 만으로도 나의 세상은 넓어 지고 내가 살아가야 할 이유가 되었다. 나는 세상에게 이렇게 이야기 하는 사람이 되었다. 아직도 배워야 할 것들이 많은 세상이고 많은 것들을 봐야 하는 세상이다. 세상이 나를 버릴 지라도 나는 내가 하고 싶은 것 들을 모두 하고 세상으로부터 멀어 지겠노라고 외치고 싶다.

제3장
사람은 사랑하게 되면서 성장한다

인생에서 가장 중요한 것은 바로 사랑을 하는 행위이다.
사랑이 있어야 살아 는 의미를 알게 되기 때문이다.
사랑이 없다면 사랑을 할 수 없다면
그것을 삶을 반만 살아가는 것이라 같다고 생각한다.
사랑도 사랑의 기준이 있다.
남들에게 그리고 연인에게 상처만 주는 사랑을 할 바엔
혼자서 살아가며 삶의 반만이라도 건지면서 살아 가길 바란다.

우울증을 인지하지 못하고 시작된 연애 이야기

우울증에 있어서 가장 하지 말아야 할 것과 가장 해야 하는 것은 바로 사랑하는 행위이다. 사랑에 일어나고 사랑에 무너진다. 그것이 바로 인생의 진리이다. 우울증의 진리이기도 하다.

사랑하면 다 해결 될 줄 알았던 시기가 있었다. 사랑이 온 세상의 모든 해결책 이라고 생각 했던 적도 있다. 틀린 말은 아니지만 전제 조건이 다르다는 걸 살면서 알게 되었다. 우울증을 인지 못할 때는 사랑 하면 우울함이 적어지기에 사랑을 갈망 하는 사람이 되어 있었다. 기회가 된다면 사랑에 전부에 자신의 인생 전부를 이성에게 던져 주었다. 사랑은 그렇게 해야 하는 줄 알았다. 그렇게 하지 않으면 버려질 것 같아서 자신의 인생을 연인에게 모든 것을 넘기는 사랑을 하게 되었다. 그것이 나의 사랑법이라 생각 하였다. 그렇게 밖에 사랑을 할 줄 몰랐다. 말이 좋아서 로맨티스트 이지 그저 주는 사랑 밖에 할 줄 몰랐다.

그렇지만 사랑을 다 주어 버리면 사랑은 고갈이 된다. 그렇게 되면 의미 없는 "사랑해." 란 단어만 남게 된다. 그것을 몇 번을 겪고도 알지 못했다. 그저 연인의 잘못을 탓할 뿐이었다. 그것은 사랑이 아니라고는 생각하지 않았다. 그렇게 연인들을 지나치면서 내 자신이 달라짐을 느끼고 나의 병을 인지하게 되었다. 나의 사랑법이 잘못 되었음을 인지하게 되었다.

그렇게 나에 대한 고민이 시작되었다. 예전에는 고민만 하던 나를 벗어 던지고 다음 단계의 내가 만들어졌다. 고민은 살아가는 행동력을 만들기도 한다. 그것이 나의 시작을 알리는 첫 번째 단추였다. 고민을 행동력으로 만드는 기술 그것이 지금이 나라고 생각한다. 우선적으로 나를 돌아보고 지금 자신이 할 수 있는 것을 생각해 본다. 나로 말할 것 같으면 별다른 기술도 없고 할 줄 아는 것이 너무도 없던 사람이었다. 모든 것이 귀찮고 모든 것이 하고 싶지 않았다. 그래서 나이가 들기만 하고 이룬 것도 없는 그저 어디에나 있을 법한 실패한 인생이었다.

하지만 분명 무언가를 잘하리라 생각했다. 그래서 고민에 고민을 했다. 그러나 아무리 고민을 하여도 뭐든지 적당한 기술들이었다. 분명 하나쯤은 잘하는 게 있지 않을까 하는 고뇌에 빠졌다. 과거에 나도 지금의 나도 무엇 하나 잘하는 하나 없다. 지금껏 살아온 것은 내가 믿지 않는 순전한 사랑으로 보살핀 그리고 때론 나를 채찍질한 부모님들 덕에 살아 있다는 결론이 나는 어느 것 정도로 특출 나지 않았다. 그러다 문득 내가 말없이 그리고 마음을 닫아 놓은 채 살은 때와 지금의 내가 다른 점을 인식하기 시작했다. 분명히 다른 점이 있었다. 그것도 눈에 보이는 무언가. 그리고 여러 사람들을 만나면서 여러 가지 이야기를 하고 조언도 들었다. 순전히 나를 걱정해 주고 나를 생각해주는 사람들만 남이 있으니 나에게 진심 어린 조언을 아끼지 않았다. 그들 덕분에 나의 재능이 무엇인지 발견 했다. 그 전에는 나조차도 몰랐던 나를 거쳐 간 연인들도 몰랐던 나의 재능을 발견 했다. 그것은 참 단순한 거였다. 나는 수다를 잘 할 수 있었다. 의식의 흐름 없이 2~3시간을 혼자 떠들 수 있는 재능이었다. 어이없지 않는가? 이것도 재능인가? 할 정도로 나는 나의 재능은 쓸모가 없었다. 수다를 잘한다고 하여서 무엇을 할 수 없고 그것으로 돈을 벌 수 없다. 나의 재능을 알게 되었다면 이제 이것으로 무엇을 할지를 고민해봤다. 수다를 잘한다는 것은 할 이야기가 많다는 것이다. 할 이야기가 많다는 것은 글을 잘 쓰지 않을까? 하는 의식의 흐름이었다. 참 단순하기 그지없는 추론이었다. 그래서 어릴 적부터 잠들기 전에 상상의 나래를 펼치던 나를 생각하곤 일단 글을 써보려고 했다. 언제나 주인공은 나이고 남들은 그저 나를 떠 받드는 그런 중2병의 상상의 나래를 펼쳤던 그런 기억이었다. 그래서 나는 글을 소설을 써보자 하였다. 그리고 지인들 에게 공표 하였다. 말하기 전에 이런 나를 다들 비웃을 줄 알았다. 소설은 아무나 쓰는 줄 아느냐 상상력이 얼마나 풍부하고 얼마나 지식이 많아야 하는지 모른다고 나를 비웃을 줄 알았다. 하지만 아까도 이야기 하였 듯이 내 주위는 나를 진심으로 걱정하는 사람만 남아서 인지 나를 믿어 주었다. 우선 무엇부터 시작해야 할지도 가이드 해주는 친구도 많았다. 내가 생각 한 거 보다 나는 인복이 많았다. 우울증이 극에 치 닫을 때 나는 주위 사람들을 믿지 않았다. 하지만 그런 나를 아무런 조건 없이 믿어 주었다. 그렇게 하나씩 시도를 해보았다. 귀차니즘과 할 줄 아는 것 없던 나는 마치 경주마처럼 질주 하듯이 달려가기만을 하였다. 우선은 타자기로 두드리듯이 컴퓨터로 쓰기 싫어서 공책을 한권 사서 수기로 글을 쓰곤 했다. 그렇게 글을 쓰다 보니 나름의 재능이 있었다. 글을 처음 쓸 때 무엇을 쓸 것이고 결말을 생각하고 아무런 준비 없이 아무런 고민 없이 자연스럽게 글이 써졌다. 비록 나의 글의 완성도가 좋지는 않았지만 글을 쓰는 것에 내 에너지를 쓴다는 생각 없이 글을 쓸 수 있었다. 나의 생각에는 거침이 없었다. 지금 이 글을 쓰고 있음에도 나는 생각을 하고 글을 쓰는 것이 아니다. 그저 나에 대한 생각과 나를 기초로 하는 말 들을 말하는 것과 매한가지이다. 그렇게 글을 열심히 쓰다 보니 나와 같은 우울증을 가진 사람들이 많다는 것을 알게 되었다. 그리고 나를 위해 걱정해 주는 사람도 많다는 것을 알게 되었다. 과거의 나는 다른 사람이 되었음을 인지하는 순간이었다. 우울감과 자살충동은 없어 진 것은 아니지만 시도하지 않는다. 우울해 하지 않는다. 아니 우울해 하지 않으려 노력 한다. 그렇게 나는 살아남아야 하는 이유를 알게 되었다.

내가 살아가면서 꼭 해야 할 일들이 눈에 보이기 시작 했다. 버킷리스트라고들 부른 것이다. 이 글 역시 내 버킷리스트 중의 일부이고 진행형인 것이다. 나의 버킷리스트 중 하나는 우울증으로 세상을 떠나게 될 이들에게 힘이 되어 주고 싶다는 것이 버킷리스트이다. 내가 겪어 봤고 내가 어떤 아픔인지 너무도 잘 알기에 할 수 있는 것들이었다. 하지민 나는 너무도 미약한 존재였다. 그래서 나는 오랜 기간을 걸쳐서 준비 중이다. 지금 나는 우울한 감정을 가진 당신에게 해주고 싶다. 진심 어린 공감을 그리고 진심 어린 걱정으로 당신이 살았으면 좋겠다. 그것에 필요한 것이 나에게 있다면 그것을 주고 싶다. 세상에 태어난 이상 어느 하나의 장점은 있다. 삶이라는 것은 그것을 발견하러 가는 여정일 뿐이다. 것은 찾은 것만으로 인생이라는 연극에 종착지로 출발하는 시작 단계이다.

나는 인생의 드라마라는 단어를 참 좋아한다. 그 이유는 내가 소설을 쓰기도 하기에 그곳에서는 내가 바로 주인공이 되는 것이 좋아서 인생의 드라마라는 단어를 자주 쓴다. 그곳에서 나는 주연이 되기도 하고 조연이 되기도 하며 때로는 전지적 작가 시점으로 모든 걸 통제 할 수 있다는 것이다. 그곳에서는 우울이라는 단어는 내게 없다. 그곳은 내가 만들어 놓은 가상의 세계이다. 우울증의 무서운 점은 나의 감정을 통제 할 수 없다는 데에 있다. 감정의 요동침이 있으면 사람은 시야가 좁아진다. 그러기에 안 좋은 선택만이 남아 있게 되는 것이다.

그것으로 인해 안 좋은 선택 안 좋은 결말을 만들고 싶지 않다. 소설의 주인공은 배드엔딩으로 만들지 않게 된다. (물론 조연들 입장에선 배드엔딩일 수도 있겠다.) 인생이라는 드라마 역시도 매한가지가 될 수 있다고 생각한다. 충분히 나의 통제 안에서 살 수 도 있을 것이다. 그렇지만 그것은 매우 어려운 이야기 일 것이다. 자신의 삶을 통제 하고 마음을 통제 한다는 것은 신이 아니라면 불가능에 가깝다 고도 생각한다. 그것이 잘 되었다면 아마도 우울증이라는 것이 없었을 것이다. 그럼에도 나는 나의 통제 안에 나를 두려 하고 나를 조율하기 위해서 노력한다. 노력이 없는 삶은 그저 인생을 허비하는 것이라 생각하기에 노력을 하려고 한다.

노력이라는 단어는 나랑은 안 어울리는 살아가기 위해 노력을 한다. 그럴 수밖에 없었다. 그럴 조건을 만들어 버렸다. 내가 이루고자 하는 걸 위해선 지금의 나 로는 불가능하기에 나는 오늘도 노력을 하면서 살고 있다.

그런 일을 나는 해내려 하고 있다. 나는 어처구니없게도 보잘것없다. 가진 거 하나 없다. 가진 능력도 없다. 그저 내게 있는 것은 평균 이하의 얼굴 그리고 글을 쓸 수 있는 손가락 그것이 나의 전부이고 나를 나타내는 것들이다. 하지만 나는 그럼에도 글을 쓴다. 사람들에게 많이 팔리는 책이 아닌 사람들에게 기억되는 책을 쓰고 싶기에 나는 글을 쓰고 글을 읽는다. 나의 표현의 한계를 많이 느끼기 때문에 아직도 글공부를 한다는 느낌으로 책을 자주 읽는다. 책은 마음의 양식이라고 누군가 말했다. 그렇지만 양식보다는 나를 좀 더 알아가기 위한 도구라고 생각한다. 나를 더 올바르게 표현 하는 도구라고 생각한다. 그것이 내가 생각하는 책이고 내가 생각 하는 글쓰기이다.

그렇게 나는 사랑으로 인해 성장하였고 그 성장으로 인해 더 나은 내가 되어 가고 있었다.

우울증을 거절하고 거부한 사랑

지금의 나와 1년전의 나와 살아가는 마음이 달라져서 충분히 더 나은 삶을 선택할 수 있다. 이것을 삶에 대한 학습이라고 한다.

사랑에 대해 목마르던 나는 우울증을 멀리 하고 사랑만 찾아 다녔다. 그렇게 우울증을 사랑으로 키워 나가고 있었다. 그렇게 나는 점점 세상에서 손가락질 하는 정신병자에 가까워지고 있었다. 사랑하는 연인에게 감사함을 느끼지 못하고 당연하다는 사랑만을 요구했다. 그렇게 나는 자신만 아는 극단이기주의 사랑을 하게 되었다. 시간이 지나고 생각해보니 내가 했던 것은 사랑이 아니라 그저 사랑을 하는 척 하는 사람을 연기 한 것이 아닐까 할 정도로 사랑의 추억이 아름답지 않았다. 그 당시에 사랑을 사랑이라 만족 하지 못하고 행복을 행복이라고 알지 못했다. 그런 삶을 살았다. 만약 내가 병원을 다니지 않게 되었다면 나는 아직도 같은 사랑을 아직도 같은 삶을 살 것이라고 생각한다.

우울증을 가진 사람들이 가장 두려워하는 것이 병원이다. 우리나라의 사회가 우울을 너무도 안 좋은 병으로 인식하고 있다는 점이 너무도 우리로 하여금 숨기게 만든다. 그래서 선뜻 내가 우울하다 하여 병원을 쉬이 갈 수 없다. 그 순간의 선택을 위해서 여러 가지 고민들이 있다. 인생의 모든 답은 이미 자신에게 있다는 것을 알고 있으면서 그것을 실행하려는 행동력을 가지기까지 너무도 많은 난관을 거쳐야 한다. 우선적으로 거쳐야 할 것은 가족이다. 가족들에게 이야기한다면 가족이 될지 가적이(오타가 아니다. 가족이 가장 큰 적이 될 수도 있다.) 될지 고민해 봐야 한다. 거기 까지 선택 하는데도 여러가지를 거치게 되고 모든 선택을 오롯이 혼자만의 고민을 거쳐 선택한다. 가족이 믿어 주고 의지 하게 할 수 있다면 정말 행운이다. 그것만큼 큰 힘이 되는 것이 없기에 그 관문만 쉬이 넘어 간다면 그것만큼 행운이 없다. 내 경우 가족이 나의 우울증에 대해서 인정하기를 싫어했다. 물론 그것을 너무도 잘 알기에 나는 그 당시 여자 친구와 처음 방문하였고 여자 친구와 이별 후 죽겠다는 일념으로 병원을 생각하고 자진하여 병원을 다녔고 병원에 다니는 것을 어머니에게 통보하듯이 말했다. 역시 나 나를 걱정해 주는 것이 아니라 내 잘못으로 우울증이 생겼고 나를 마치 정신이상자로 생각 하셨다. 그래서 나는 적이 될 수밖에 없었다. 물론 그 반응을 예상 못한 것이 아니다. 어릴 적에도 쉬이 말을 꺼내려 하면 화부터 내셨다. 내가 남들 로 하여금 성질을 내야 하는 감정을 전이 하는지 아니면 어릴 적 말썽을 많이 해서 인지 어머니는 일단 내가 말을 하면 일단 꾸짖고 보신다. 그런 경우에는 결국 어머니와 싸우게 된다. 다른 사람들에게 대하는 거 보다 더 많이 참고 이야기를 하려 해도 그것이 안 되었다. 그래서 한 달을 가까이 대화를 가장한 싸움을 하였다. 그래서 나는 그 누구의 도움이 없이 홀로 싸워야 했다. 그래서 나는 가족에게 이야기 하고 가족의 걱정을 받지 못하는 사람들에게 힘이 되어 주고 싶었다. 단지 나의 욕심이었다.

혼자서 일어서야 하는 것이 너무도 힘들다는 것을 알기에 너무도 외로운 싸움이고 하루하루가 혼자만의 전쟁터이기에 승리는 없는 전쟁터. 언제나 패배만 가득한 전쟁터에 버려진 아이라는 것을 너무도 잘 알기에 나는 그 모든 선택이 오답으로 보인다는 것을 잘 알기에 힘이 되어 주고 싶었다. 감기에 걸리면 감기에 빨리 낫기 위하여 병원을 간다는 생각으로 병원을 갔으면 좋겠다. 우울은 병이다. 약을 처방 받고 약으로 감정을 조절해야 하는 병이다. 물론 우울증 약에 부작용이 너무도 많은 것은 알고 있다. 하지만 그 어떤 부작용도 죽음보다 못하다는 것을 잘 알아주었으면 좋겠다. 나는 앞에서 이야기 한 것처럼 죽기 위해 병원을 찾았다. 그렇지만 그것으로 인해 내가 해야 할 일을 알게 되었다. 나는 지금도 홀로 싸움이 가득한 세상과 싸우고 있다. 내가 싸울 수 있는 것은 바로 약이라는 무기가 있기 때문이다. 그렇기에 나는 꼭 병원을 갔으면 좋겠다. 너무도 힘든 선택이라는 것을 잘 알지만 꼭 병원을 가길 바란다. 너무 힘이 든다면 가장 믿을 수 있는 사람과 같이 가는 것도 좋다. 누군가 옆에 있어 준다는 것만으로 너무도 위로가 될 수 있기 때문이다. 나는 치료를 우선해야 한다는 주의이다. 가장 큰 치료는 사랑을 하고 사랑을 받는 것이지만 그것으로 모든 걸 채울 순 없는 것이 현실이다. 우울 때문에 인생을 망친 케이스가 바로 나이다. 마치 어릴 적에 "공부 안 하면 저 형이나 삼촌처럼 되는 거야."의 형과 삼촌 역을 맡은 인생이었다. 물론 지금도 별반 다르지 않다고 생각한다. 그러하기에 나는 노력한다. 공부 안 한 형이 성공하기도 하는 것을 보여주고 지금의 나를 위해서 아닌 나중에 좀 더 내가 살고 나의 마음에 평온이 왔을 때 언제나 우울에서 힘들어하면 그 사람에게 손을 내미는 사람이 되기 위해서 병원을 다닌다. 처음과는 거리가 참 멀어진 치료의 이유이다. 죽으려고 다녔던 병원이 이제는 나의 미래를 책임져 주는 든든한 지원군이 되었다. 나는 지금도 가족과 사이가 그리 좋지 않다. 일상적인 대화. 나의 일방적인 통보만 하는 정도이다.

근데 참 재미있게도 밖에 나가서 다른 어르신들에게 엄청 잘한다.(그거의 절반만 어머니에게 하면 될 것 같은데.. 아직도 잘 안 된다.) 그래서 세상 밖의 어르신들의 사랑을 잘 받는 편이다. 주로 어머니뻘 아주머니들이 나를 좋아 라 하신다. 내가 집에서는 효자라고 생각 들 하신다. 그것 역시 내가 가진 가면 중 하나일 것이다. 착한 아들 코스프레를 밖에서 한다. 가족의 테두리가 아직도 나에게는 어렵지만 그렇지 않은 가정도 많고 그렇게 할 수 없는 가정도 있을 것이다. 그것에 비하면 나는 부족함 없이 행복한 것 일 수도 있다. 그렇지만 나는 아직도 트라우마와 싸우고 있는지도 모른다. 그래서 나는 병원을 계속 다녀 야 할 이유 일 것 같다.

이렇듯 병원은 우리의 부족한 부분을 채워 주는 용도도 된다. 내가 부족한 부분이 무엇 인지 내가 해야 할 일이 무엇인지 알게 해주는 맑은 정신을 가져 다 준다. 장황하게 설명했지만 이야기의 종점은 같다. 나의 우울이 나의 삶에 지대한 영향이 있다면 병원을 우선 가라. 이게 핵심이다. 병원은 그러라고 있는 것이고.. 옛날에 비해 약들도 아주 좋게 나온다. 부작용도 사회생활에 크지 않으니 꼭 다니길 병원에 가 보라고 권한다.

나는 종종 약을 못 먹게 되는 경우가 생긴다. 술을 너무 늦게 까지 먹어서 약을 못 먹는 경우나 회사에서 일이 너무 늦게 끝나서 못 먹는 경우이다. 이 이유들이 약을 못 먹는 이유는 약에 취해서 아침에 일어나질 못한다. 그래서 평소보다 약을 먹으면서부터 잠을 안 먹었던 때에 비하면 4시간가량 먼저 자는 편이다. 그렇지만 적당한 취기에 적당한 시간이 된 채 약을 먹어야 하나 말아야 하나 고민하는 시간이 생겨 약을 안 먹은 채 잠을 자려고 누워서 잠을 못 자게 될 경우 10가지 중 10은 다음 날 후회로 가득하다. 왜냐하면 하루만 약을 거르면 바로 다음 날에 나의 감정은 요동을 치다 못해 극단적이기까지 하다. 경계선 인격 장애. 그래도 나는 사회를 살아가기 위해 억지로 나를 일으켜 세운다. 하지만 오후 4시가 나의 최후 경계선인 것 같다. 그런 날이면 내 표정에서 이미 다른 사람 같다는 이야기를 많이들 한다. 그래서 나는 어떤 이유 던 약이 수중에 적당히 없으면 불안해진다. 그래서 치료를 위하여 약을 날짜를 잘 확인하면서 살고 있다. 아직은 해야만 하는 일들이 많기에 나는 살아야만 한다. 이제 나의 목숨은 내 것이 아니기에 내 손으로 직접 죽을 선택을 하지 않는다. 내 이야기의 중점이자 중요한 것은 약을 절대 내 판단 하에 먹지 않게 되는 것이다. 주치의가 처방해 준만큼 처방해준 개수만 먹도록 한다. 그것이 나의 삶을 지탱하는 기술이다. 처음 주치의가 나에게 30일 분의 약을 지어 줄 때 한꺼번에 먹지 말라는 당부를 했다. 내가 한 대답은 정말 가관이었을 것이다. "이거 한꺼번에 죽지 않잖아. 단지 위장이 아플 뿐이지. 그러곤 잠을 조금 많이 자겠죠. 그렇게 쉽게 죽을 수 있었음 예전에 왔을 것이에요." 조금 거칠 긴 하지만 약을 아무리 함께 복용해도 죽지 않는다. 괜히 몸만 상한다. 죽겠다는 명목으로 약 먹고 자살해야지.라고 생각한다면 정말 어리석은 행위이다. 그러니 미련한 생각 말고 주치의 말에 따를 것을 권한다.

치료 과정에서도 우울증은 우리를 시험에 들게 한다. 왜냐하면 치료를 하게 되면 좁혀 있던 시야가 열리고 자신을 인식 하기 시작하기에 그 부분에서 바로 현실에 내던져진 홀로 된 자신을 볼 수 있기 때문이다. 치료하기 전이 더 불행하지 않았다 생각을 하게 된다. 왜냐하면 힘들면 도망 칠 수 있기 때문이다. 나 역시도 우울증이 다시 도질 때가 있다. 지금은 자주 있는 편은 아니지만 치료 초기에만 해도 엄청 심했다. 자살 시도를 할 정도로 매우 힘들었다. 그럼에도 나는 꾸준히 약을 복용하였고 나만의 개인 리셋 버튼을 만들었다. 모든 감정을 리셋 하는 버튼을 만들었다. 그것은 바로 잠드는 것이었다. 하루를 허비한다 하여도 그럼에도 살아서 해야 할 것이 있기에 나는 그 버튼으로 치료를 연명하였다. 자신만의 감정 컨트롤할 부분을 만드는 것이 치료에 도움이 된다.

그것이 굳이 나처럼 잠이 아니라 다른 것이 되어도 좋을 것 같다. 사람마다 다 다르듯이 자신만의 치료에 도움이 되는 무언가가 있을 것이다. 그것이 범죄와 자살을 돕는 것이 아니라면 무엇이든 그것을 활용하여 '꼭' 치료에 매진하는 것이 중요하다. 힘든 길이다. 매우 험난하고 마음을 여러 번 찢어야 할 것이다. 하지만 그것들은 자신이 했던 선택들의 대가이다. 현실로부터 도망치지 않았으면 좋겠다. 나의 잘못됨을 인정하는 것이 치료에 가장 도움이 될 것이다.

내가 못나서 내가 부족해서 그런 것 따위는 누구든지 그렇게 생각한다. 하나도 못나지 않았다. 하나도 부족하지 않다. 세상은 생각보다 그렇게 각박하지 않다.

내가 못나고 부족해도 사랑해줄 사람은 있고 나를 도와줄 사람은 존재한다. 그러니 조금은 자신을 믿고 주위 사람들도 믿어 주었으면 좋겠다. 아무리 우리 내 사회가 우울을 안 좋게 본다 하더라도 그래도 살아가기 위해서 치료를 받아 주었으면 좋겠다. 그것이 나의 바람이

자. 나의 부탁이다. 삶은 아직은 살아갈 만큼의 희망을 가지고 있다. 그것을 찾는 것이 삶의 목표가 되어도 좋다. 무엇이던 좋다. 살기 위해서 치료를 결심해 주었으면 한다.

우울이라는 것은 마치 종양과도 같아서 가만히 내버려두면 점점 내 안에서 크게 자리 잡는다. 그로 인해 다른 것들까지 모조리 삼킨다. 마치 우주에서 블랙홀을 만난 듯이 나의 모든 것이 우울에게 권한을 빼앗겨 우울에게 휘둘리는 삶을 살아야 한다. 나의 삶이 없이지고 나라는 이름의 우울이 이 세상에 자리하여 우울을 전파하는 것 같은 느낌이다. 나라고 여겨지고 나라는 사람이지만 그 안에는 우울이 가득 차 있다. 그 우울에서 빠져나오려면 혼자만의 힘으로 부족하기에 현대의 의학 기술을 믿고 함께 치료해 나가는 방법밖에는 없다. 물론 그 외에도 운동 , 요가 , 등산등 여러가지 방법은 있다. 애초에 그런 것에 취미가 없다면 그건 제대로 된 자신의 치료법이 아니다. 치료한다는 명목에 하는 것들은 오히려 역효과가 날 수도 있다. 그래서 나는 치료법은 현대의학을 도움이 1차이고 그것 만큼 효과적인 것은 없다고 생각한다. 운동이나 기타 다른 것들은 2차적인 치료법이다. 나 역시도 2차 치료법 까지 오기 까지 1년이 넘게 걸렸다. 그 1년 이라는 시간은 결코 쉬운 길이 아니었다. 무너짐을 여러번 경험 하고 하지 말아야 할 행동들을 머리로는 하지 말라고 하면서 행동했다. 나를 말릴 조건이 나에겐 없었다. 그렇게 여러 번을 고치고 고치면서 2차 치료법에 도달 하였다.

그것은 세상에게서 도망치지 않는 법이었다. 두려워도 힘들어도 세상에서 도망치면 그것으로 나는 살아가야 할 의미가 없어 진다는 것을 너무도 잘 알기에 나는 오늘도 내일을 위해서 살아 숨쉬고 있다.

사랑으로 우울을 덮으려 했다

사랑 더하기 사랑은 사랑이지만 사랑에 우울을 더하면 사랑은 비극적인 결말을 알고 보는 새드엔딩 영화와 같다. 결국 누군가는 가슴에 비수가 꽂히는 사랑을 할 뿐이었다. 그건 사랑이 아니었다. 사랑을 가장한 우울이었다.

나는 미련하게도 사랑으로 우울을 덮으려고 했었다. 그것이 맞는 것이라 생각했다. 하지만 사랑으로 우울을 덮을 순 없다. 우울은 사랑을 오염 시킬 뿐 사랑을 완전 하게 하지 못한다는 것을 너무 많은 시간을 허비 하여 알게 되었다. 사랑에 우울을 넣으면 그것은 비극적인 사랑만을 돌려 줄 뿐이었다. 그래서 나는 완전하고 제대로 된 사랑을 위해서 치료에 전념을 하기로 마음을 먹었다. 사랑은 내가 태어난 이유이자 삶의 전부이기에 가능했다.

사람의 마음 갈대 같은 것이어서. 한번 마음먹은 것을 계속 지키기가 쉬이 되지 않는다. 그러기에 항상 아침에 일어났을 때 그리고 잠들기전에 자신에게 나는 내일도 일어나서 무엇을 해야 하기에 노력해야 한다는 생각에 살아가길 바란다. 그것이 치료의 마음가짐이라 생각한다. 치료를 시작하였다면 내가 가지고 가야 하는 마음가짐이 필요하다. 나 역시도 병원을 마치 숙제 마냥 병원에 가서 반복적인 행동을 하였고 주치의를 믿지 않았다. 그는 나를 바꿀 수 없다고 생각했다. 그리고 약이 과연 도움이 되고 있는 것인지에 대해 너무나 믿음이 부족하였다. 이런 경우가 허다하다고 전해 들었다. 왜냐하면 약이라는 만병통치약이 아니다. 약으로 우울한 감정을 한 번에 매사에 긍정적이고 무엇이던 다 잘 해낼 수 있게 해주는 그런 것이 아니다. 사람이 몸이라는 것이 그렇게 단순하지 않다. 그래서 적응 기간이 필요하다. 그 기간 에들 다들 약을 자의적으로 먹지 않게 된다. 그것도 주치의의 의견은 들어보지도 않는다. 이유는 여러 가지 가 있는데 내가 들어 본 그리고 내가 했던 자의적으로 약을 안 먹는 상황에 대해 간단하게 이야기해보겠다. 나의 경우 술과 함께 병행하면 안 된다는 것을 너무도 잘 알았지만 같이 병행하였다. 그래서 약이 효능이 아주 미비했다. 감정에 요동침을 매일 같이 일어났고 매일 자는 것이 내게는 지옥과도 같았다. 약이 나에게 미치는 영향이 술을 먹는 것이 더 좋다는 결론이었다. 약을 먹지 않는 것에 효능은 엄청났다. 거기에 술까지 같이 하니 아주 약을 먹지 않는 효능의 최고치 일 수밖에 없었다. 나는 여러 번의 자살 시도와 심할 때는 내 몸의 사지를 절단하는 상상을 매일 해야 했다. 그래서 내 팔에는 아직도 지워지지 않는 상처가 남아 있다.

그런 일들이 있고 알게 되었다. 약을 계속 먹어야 하는 이유를 나에게 효능이 없는 약이 아니었다는 것을 잘 알게 되었다. 나는 병원을 더 열심히 방문하였고 나에 대해 더 자세히 주치의에게 이야기하였다. 술을 줄이고 약을 장기간 복용하니 약의 중요성을 알게 되었다. 항 우울제의 효능을 단순한 실수에도 우울한 감정을 가지던 내가 없고 다른 내가 생겼다. 그래서 나는 병원을 다니게 되면 어떤 부작용이 온다고 하더라도 자발적 약을 안 먹는 행위는 하지 않았으면 좋겠다. 다른 것은 떠나더라도 약은 잘 챙겨 먹길 바란다. 항 우울제의 부작용 중 하나가 복용을 하다가 적절치 못한 때에 자의적으로 중단하게 되면 그전에 감정 기복보다 더 큰 마음의 파도가 자신을 삼키는 것을 알게 될 것이다. 내가 지금 그런 것처럼 그때 나의 감정을 잡기는 너무도 힘이 들었다. 회사에서는 나의 우울에 대해 모르기에 실수의 연속과 나를 비하하는 언어폭력이 난무하였다. 사람들은 참 아닌 척 무의식 속에서 우리들에게 상처 준다. 별거 아닌 듯이 우리에게 함부로 말을 한다. 그래서 나 같은 경우에 너무도 힘이 들었다.

회사에 가면 모든 욕은 나에게 쏟아졌다. 모든 잘못은 내가 한 것이 되어 있었다. 단 한 번의 나의 잘못된 선택으로 나의 인생이 흔들 정도로 언어폭력이 나에게 집중되었다. 그래서 꼭 말해주고 싶다. 절대 약을 끊지 않길 바란다. 이것은 부탁이다. 그리고 내가 겪어 봐서 해주는 조언과도 같다. 부작용 때문에 고민이라면 주치의와 상의를 해보면 된다. 그래도 주치의는 그 분야에 전문가이다. 그를 신뢰해도 좋다. 주치의가 신뢰할 수 없다면 병원을 옮기는 것도 좋다. 의사와 믿음이 없다면 나의 병을 더 키우는 것과 매한가지이기 때문이다. 약을 나에게 영향이 없고 의사 랑 맞지 않는다면 병원을 옮기는 것도 좋다. 뭐든지 나에게 맞아야 하는 것이다. 내가 우울하기 때문에 모든 걸 지고 들어가야 할 이유는 없다. 우리도 사람이고 선택할 권리는 언제나 있다. 자신을 믿어라. 그리고 나를 진료해주는 의사를 믿어 보길 권한다. 그들은 우리를 살해하려는 사람이 아니다. 우리를 지켜 주기 위해서 노력하는 사람들이다.

우리에게 살아보라고 약을 처방해 주는 사람들이다. 의사와의 상담이 안 맞으면 병원 가는 것 자체로 스트레스로 다가올 것이다. 병을 없애려고 가는 병원을 키우러 갈 이유는 어디에도 없다. 그러니 언제나 선택권은 우리에게 있다는 것을 잊지 말았으면 좋겠다. 나의 선택으로 어떻게 변할 수 있는지 이미 많이 겪어 봐서 알리라 생각한다. 단 하나의 우울한 감정으로 된 선택으로 나는 지금의 공부 안 하면 저 형처럼 을 맡게 되었다. 하지만 나는 지금도 늦었다고 생각하지 않는다. 앞으로의 미래를 위하여 나는 노력하고 나는 내가 하고자 하는 것을 이룰 것이다. 그것을 보여주기 위하여 이렇게 글을 통하여 당신과 만날 수 있었다. 이것은 시작에 불과하다고 생각한다. 앞으로 나는 더욱더 당신들에게 힘이 되어줄 것들이 아주 많이 준비되어간다. 그러니 언제나 부족함은 병원에서 찾고 나에게는 위로를 받았으면 좋겠다.

나는 이 글을 읽는 사람들의 우울에 도움이 되기를 오늘도 내일도 바라고 있다. 간절히 바라면 이루어진다고들 하더라. 그러니 세상의 우울이 조금이라도 적게 사람들에게 페를 끼치길 바란다. 자기 자신을 아낀다면 자기 자신이 소중하다면 자살을 선택하지 않게 될 것이라고 생각한다. 자살이라는 것을 자신을 용서하지 못하거나 세상이 자신을 살아감에 간섭이 일어나는 행위이기에 자신을 소중히 한다면 우리 내가 자살을 생각하지 않을 것이라고 생각한다. 하지만 우리 내가 가장 어려운 것은 바로 자신을 소중히 여기는 것이다. 과연 어떻게 해야 할까 자신을 소중히 하게 될까? 우선은 나 같은 경우에는 무엇을 이루고 갈 것인가에 대해 열심히 생각했다. 누구나 알고 있지만 누구든 죽음을 피해 갈 수 없다. 그 누구도 죽음에 대해 자유로울 수 없다. 그렇게 생각하고 나서 제일 먼저 무엇을 남기고 죽을 것인가 에 대하여 생각했다. 나의 경우엔 이렇다 할 능력이 없었다. 그래서 많은 고민과 나를 돌아보는 계기가 되었다.

그러면서 알게 된 것은 나는 좋아하는 일들이 생각보다 많았다. 그 많은 것 중에 남들 보다 특출 난 것이 없는 지에 생각 하다가 내가 이루고자 하는 길은 쉬이 가지 못하는 길이라 생각 하고 그것을 위하여 나를 아끼는 연습을 하고 있다. 이런 나 역시도 외로울 때가 있고 남모를 공포 속 안에 혼자됨을 느낀다. 그럼에도 버틸 수 있는 것은 내가 해야 할 목표가 있다. 나는 한번 뱉은 말은 꼭 지켜야 하는 나쁘지만 좋은 습관이 있다. 그것으로 인해 나는 오늘도 나를 살아가게 하고 나로 인하여 꿈에 한발 더 다가갈 수 있다. 누구나 이런 감정 이런 것이 있을 것이라 생각한다. 나 역시도 있다. 이런 나라도 있다. 남들이 없을 리가 없다. 고통 속에 우울증을 달고 산 나 역시도 있더라. 나는 없을 줄 알았는 데 있더라. 그러니 꼭 찾아서 자신을 소중히 하는 사람이 되었으면 한다.

자신을 소중히 함으로써 자신을 사랑하는 방법도 배우길 원한다. 우리 내에게 자신을 사랑하는 일은 매우 어려울 수도 있다. 사랑스러운 부분이 안 보일 수도 있다. 그럼에도 사랑을 해 주길 바란다. 세상을 살다 보면 자신만큼 자신을 사랑해 주는 사람이 없다는 것을 알게 될 것이다. 그 누구도 자신보다 자신을 사랑해 주지 않는다. 마지막으로 자신을 사랑해 주지 않으면 사랑을 하기에는 좋은 상태는 아니라고 생각하기에 남들 보다 더 좋은 사랑을 위해서 자신을 아껴 주어야 한다.

자신을 아껴 주고 믿어 주는 것은 자신만이 할 수 있는 특권이다. 특권을 이용하지 않는 것은 삶을 살면서 멍청하게 사는 행위이다. 그러니 자신을 아껴 주고 사랑해 주고 믿어주어야 한다.

이 세상에 모든 존재가 자신을 사랑하지 않아도 된다. 모두가 나를 싫어해도 된다. 나만이 나를 사랑해 주자 나만이 나를 더 빛나게 해 줄 수 있다.

남으로 인해 빛이 나게 되는 사람들의 특징은 빛나게 해주는 사람이 곁에 없다면 그저 밤에만 빛나는 전등과도 같을 것이다. 그 전구에 흐르는 전기가 없다면 그 전구는 빛을 내지 못한다.

그렇기 때문에 내가 나를 빛내 주어야 한다. 내가 나를 믿어주어야 한다. 그렇게 나는 점점 안성형 인간이 되고 그로 인해 남들에게 도움이 될 수 있는 존재가 되는 것이다. 뭐든지 생각만 하면 이루어 지지 않는다. 생각을 옮기는 힘 그 자체로만 해도 치료를 해가는 과정의 시작인 것이다. 시작이 반 이라고들 하지 않는가? 그 어려운 것을 시도해보자. 물론 그 시도가 자살일 필요는 없다. 살아서 내가 다녀갔다는 이야기를 만들고 가야 하지 않겠는가? 살아서 해보고 살아서 경험하고 살아서 감정을 더 자세히 알고 여러 사람을 알고 여러 사람에게 도움을 받고 도움을 주어 봐야 하지 않겠는가? 모두가 대단하다고 생각 하는 것을 이루어 보아야 삶을 살았다고 할 수 있을 것 같다. 그러니 우리 함께 도전 하자. 우리가 더 대단한 걸 할 수 있다는 것을.

그렇기 위해서 치료의 전념을 하여 주길 바란다. 치료에 진심이길 바란다.

제4장
우울과 사랑

죽을 때 까지 끊지 못할 행위
그것은 사랑이었다.
언제나 실패 하고 언제나 가슴 아픈 것
그것이 나에게 있어 사랑과 같았다.
지나고 보면 언제나 사랑 할 때가
가장 완벽한 내가 되었던 것 같다.
사랑은 내 인생의 전부이자 모든 것이다.

나를 지킬 사람은 오직 나뿐이다

인간으로 태어나고 살아가는 길목에서 가장 인간을 괴롭히는 것은 바로 인간이다. 언제나 문제는 인간에서부터 온다.

우울증을 인지 하지 못 하였을 때 연인과의 사랑은 마냥 좋았다. 무조건 내 편이라고 생각 했기 때문이다. 내가 부족하더라도 그래도 사랑하면 모든 것이 용서가 되었으니까 사랑이라는 이름으로 상대를 괴롭혔다. 우울을 인지 하고 나서 치료를 결심하게 된 이유도 사실 사랑이었다.

치료의 필요성은 참 여러 가지가 있다. 하지만 가장 중요한 것은 우울로 자살을 택하는 어리석은 행동을 하지 말기를 바라는 마음이 필요하다고 말하고 싶다. 치료를 오래 지속하다 보면 알 것이다. 세상이 이토록 아름답다는 것을. 그래서 나는 치료는 꼭 필요하다고 생각 한다. 치료는 자신과의 약속이라고 생각해도 좋다. 자신을 버리는 짓을, 배신하는 행위를 하지 않기를 바란다. 치료를 시작하기만 하면 계속 지속하는 것은 어렵지 않다고 생각 한다. 가장 어려운 것은 바로 주의 사람들을 이해시키는 것이다. 그나마 내가 어릴 적에 우울증은 정신이 이상 해진다는 편견과 나중에 치매가 온다는 미신을 믿었다. 현대의학을 우습게 보지 않았으면 좋겠다. 우리가 해야 하는 것은 치료에 대해 믿고 약을 꾸준히 복용하는 것이다. 세상 사람들은 마음을 잘 다스리면 되는 일을 왜 정신병을 인정 하면서 병원을 다녀야 하지는 모른다고 이야기한다. 참 웃긴 말이다. 그것이 잘 되었다면 한 명의 인생이 망가지지 않았겠지. 그것을 조절 할 수 있는 몸에 기관이 망가진 거라 치료를 하는 건데 그게 잘 되었다면 우울증을 가지지도 않았을 것이다. 이 고통에서 살아 보지 못한 사람들의 태평한 강 건너 불구경이랑 다를 것이 아니다. 하지만 다행히도 지금의 우리의 사회는 우울증에 대해 부정적이지만 있는 것이 아니다. 나만 하더라도 주위 사람들이 이해해 준다. (가족보다 주위 사람들이 많이들 이해해 준다.) 물론 도가 지나치면 혼내고 나를 걱정해 준다. 그렇지만 초반에도 이야기 쓴 것처럼 나를 이해 주지 못하는 사람들이 존재한다. 나 같은 경우 사람의 연을 한 번에 끊을 수 있는 경계선 인격 장애도 있어서 후회 없이 버릴 수 있었다. 하지만 그렇지 못한 사람들이 대부분이다.

우울증은 참 여린 마음을 가지고 있어서 사람을 잘 못 버린다. 자신이 버림받는 것이 싫어서 사람을 쉬이 버릴 수 없다. 그렇다면 둘 중 하나를 택해야 한다. 이해를 시킬 것인지 나의 마음의 무너짐이 생기는 원인과 함께 사는 것과 같이 생을 살지 아니면 내 인생에서 내보내는 것을 선택 하게 된다. 그것 들이 안 된다면 그들을 이해 시켜야 한다. 그것은 매우 힘든 일들이다. 그들에게 차분히 나의 감정을 이야기 하고 그들에게 나의 상황을 잘 설명해 주어야 한다. 하지만 겪지 않는 고통을 그들이 이해할 수 있을 리 없다는 것을 너무도 잘 안다. 그래서 나는 어느 정도 시도 하고 이해시킬 수 없다면 앞서 말한 것처럼 그때 다시 그들을 떠나 보내는 것도 좋은 방법이라고 생각했다. 맹모삼천지교라고 했다. 주의 사람이 나에게 끼치는 영향력을 무시하면 안 된다.

나를 이해 할 수 없는 사람들을 데리고 인생을 소비하기엔 너무도 해야 할 것들이 남들보다 많다. 남들이 누리고 살았던 것을 우리 내는 이제서 야 출발선에 있기에 하고 싶은 것도 해야 할 것도 많다. 그러기에 정말 소중한 사람이 당신의 편이 아니라면 어쩔 수 없이 버리고 인생을 나아가는 것도 중요하다. 우리에겐 그들이 아니더라도 우리를 소중 하게 생각하는 사람들이 너무도 많다. 당신이 생각 하는 것보다 많다. 그러니 때론 독한 마음가짐으로 버리고 자신의 인생을 살기를 바란다.

요새는 세상이 쉽게 변하기 때문에 내게 꼭 필요한 사람이라 할지라도 어느 순간 그렇게 필요치 않는 사람이 되기도 한다. 세상만 빠르게 변하는 것이 아니다. 인간관계도 빠르게 변한다. 이 세상이 변하지 않는 것은 내가 말하기 우습지만 가족 뿐이다. 가족을 믿지 않는 내가 이런 말을 하니 신빙성이 없을지도 모른다. 하지만 나는 가족을 믿는다. 그래서 나는 나의 부모님 과의 믿음이 아니라 나의 가족을 만들어 그 가족의 믿음을 실행하려 한다. 그래서 나는 당당하게 말할 수 있다. 우리가 쉬이 버릴 수 없는 것은 오직 가족 뿐이다. 나머지 사람들은 언젠가는 떠나가거나 어느 순간 자신의 이익이 없을 경우 우리를 버리고 갈 것이다. 그렇다면 지금 내 손으로 끊은 것도 나쁘지 않다고 생각한다. 가족을 믿고 나를 믿게 되면 나의 삶의 주체는 나이고 내가 선택한 것에 대한 책임은 나에게 있기 때문에 이제는 선택에 대해 크게 고민하지 않는다. 선택을 할 때 단 한 가지만 생각하면 될 것이다. 마지막에 남는 것은 나와 내 가족 뿐이라는 것을.

선택에 대한 이야기를 조금 더 해보고 싶어서 글을 이어 간다. 선택 앞에서 우리는 고민을 하게 된다. 감당이 되는 것인지 아닌지 두 가지를 고민해보면 나의 선택에 흔들이 없을 것이다. 나를 믿고 나에 대해 잘 알고 이미 해본 선택들의 결과값을 알고 있기에 할 수 있는 자신감이라고 생각한다. 앞서 말해왔던 것처럼 나는 경계선 인격장애로 인해 극과 극을 달린다. 그것을 모르고 내가 했던 선택들이 왜 그런 선택지만 있었는지 모르는 상태가 아니라. 내가 어떤 사람인지 알고 선택에 대한 내가 책임져야 할 것이 무엇인지 더 명확하게 해 주었다. 나는 나 자신을 잘 안다고 이야기할 수 있는 상태까진 왔다고 생각한다. 그리고 더 나아가길 원한다. 나의 선택 만이 아니라 남의 선택에도 영향을 끼치는 사람이 되고 싶다. 그러니 포기하지 않았으면 좋겠다. 자신을 그리고 나의 주위 사람에 대해서. 마지막으로 내가 하지 못한 것을 당신들은 해 주길 바란다. 가족을 믿어 주길 바란다. 그리고 살아가 주기를 원하고 원한다. 치료의 필요성을 딱 하나 말하면 자살을 하지 않게 되는 것이다.

우울의 끝은 언제나 죽음이기에 나는 살아서 무언가를 이루는 것을 꿈꾼다. 내가 할 수 있는 것으로 내가 원하는 것을 이루기를 꿈꾼다. 나조차도 이렇게 살아남으려 하는데 나보다 더 멋지고 아름답게 빛나는 사람들이 우울로 인해 생을 마감한다. 얼마나 비극적인 결말이지 않는가. 더 세상을 위해서 살아야 하는 사람이 우울증으로 인하여 생을 떠나 보내는 것이. 비단 그 사람만의 문제는 아닐 것이다. 지금의 세상은 우울을 키워서 우울을 선사하는 가해자들이 많아진다. 정신과 의사의 말 중에 이 말이 생각난다. 정작 병원을 와야 할 가해자는 오지 않고 피해자만 병원을 찾게 된다고.. 그렇다 우울 가해자가 너무도 많은 세상이다.

나 역시도 우울 피해자이면서 우울 가해자이다. 그렇게 나는 치료를 멈추지 않을 것이다. 피해자이자 가해자인 나는 우울을 가해하지 않는다면 그 대상이 나를 향할 것을 이제는 너무도 실감하고 잘 알기에 우울의 가해자가 되지 않기 위하여 나는 오늘도 약을 먹고 잘 것이고 때가 되면 주치의와 상담을 할 것이다. 자신을 인정하고 자신을 컨트롤 하지 못한 나는 그저 우울 가해자만 남을 것을 너무도 잘 알기에 나는 우울 가해자가 되지 않기 위하여 세상에 우울을 전파하지 않기 위해서 치료에 노력한다. 치료는 나를 위해서도 하는 행위이지만 세상을 위한 일이기도 하다. 우울증 환자가 자신을 죽이지 못해 지인을 살해했다는 안타까운 소식이 평범치 않게 뉴스에 나오는 세상이지 않는가. 나는 그런 가해자가 되고 싶지 않다. 그리고 나를 상대로 우울 가해자가 안 되기 위해 오늘도 내일도 그리고 그 후에도 노력한다. 감정이 전이된다는 이야기를 들었을 때 가장 먼저 생각한 생각은 나로 인하여 많은 사람들이 힘이 들고 아파했구나 였다. 아무렇지 않게 누구에게나 우울을 선물을 해 주었겠구나. 아마도 내가 마음 짓기가 제대로 하지 못한 채로 이 사실을 알게 되었다면 아마도 나는 극단적 선택을 하였을 것 같다. 내가 이 세상에 존재함으로 모든 것이 죄악이라고 생각하고 있지만 나는 나만의 방법을 찾아서 나의 마음을 지키고 있다.

그래서 나는 책을 읽을 수 있는 마음을 가지고 있고 책에 대해서 나에게 필요한 요소만 뽑아서 적용할 수 있다. 감정의 전이라는 말은 언뜻 보기에 우울증이 자신의 주위의 인생을 망친다고 느낄 수 있는데 그것이 아니었다. 감정의 전이는 바로 자신이 모두 담지 못하는 마음이 새어져 나는 것이다. 그렇다면 방법은 무엇 인가를 곰곰이 생각해 본 적이 있다. 나의 감정을 고스란히 내뱉는 것이다. 사람의 마음은 자신 속에 계속 감추어두면 둘수록 감정이 더 격하게 커져 간다. 사랑의 경우애도 매한 가지 아닌가. 누군가를 좋아 하고 호감을 가지게 되는 마음도 말하지 않고 두면 점점 커져간다. 사랑을 표현하고 나를 인정하게 되면 천천히 자리를 잡는 마음을 느낄 수 있다. 그것처럼 우울의 감정을 조금씩 말을 통해서 내 뱉는 것이 중요하다.

이때 중요한 것은 이 방면에 전문가에게 해야 한다. 주위 사람들에게 한다면 그 효과는 미비하고 오히려 독이 될 수 있다. 여기서 다시 나오는 것은 치료의 필요성이다. 주치의와 상담을 한다면 상담 선생님들이 있다. 그들은 전문 가고 우리의 우울을 덜어 내 주기 위해 노력하시는 분들이다. 그들에게 우리의 우울을 말하고 치료를 받기를 바란다. 자신이 해야 할 일을 아는 것도 중요 하지만 나의 마음을 그리고 나의 평안이 우선임을 잊지 말아 주었으면 한다. 내가 가장 하지 못하는 것을 사람을 끊어내는 것이다. 하지만 가장 잘하는 것도 사람을 끊어내는 것이다. 사람을 아끼지만 내가 정해진 선을 넘어 버리면 아무런 거리낌 없이 인연을 날라 낼 수 있다. 나는 언제나 마음을 받아주고 언제나 응원해 주는 그런 호구 같은 사람이 아니다. 나 역시도 사람이고 나 역시도 힘든 부분이 있다. 그렇기에 나에게 힘이 부치는 인연들을 내가 가져가려고 했던 적이 있다. 결론은 그들은 나를 그저 호구처럼 생각했고 그 이상도 이하도 아니었다. 쉽게 끊어 버리니 나의 마음은 안녕하게 되었다. 부작용도 있긴 했다. 적장 내가 필요할 때 만나 주는 사람이 없다는 마음이었다.

생각하여 보면 내가 끊어 낸 인연들은 내가 힘들다고 바로 달려와

주는 그런 고마운 존재들이 아니었다. 정작 자신이 힘들 때 와 주지 않았다고 나를 탓하는 무리들이었다. 그런 생각들이 있고 나서부터 사람의 인연을 쉽게 생각하는 부분도 있다. 가장 큰 문제는 연애를 하기 가 힘든 부분에 있다. 하지만 아직은 내가 연애를 하기에는 부족한 마음이라고 나를 다독여 본다. 그러다 보니 나에게 독이 되는 지인들을 멀리 하면 나는 살아 갈 확률이 높아진다는 결론이 나왔다. 나에게 상처를 주거나 나에게 힘들어 하는 마음을 강요하는 사람들이 없다는 것만으로 나의 삶이 평온 해 지고 나의 삶이 더 나은 방향으로 가고 있다고 생각이 든다. 사람은 이기적인 동물이다. 마음을 독하게 먹어야 할 부분도 존재 한다. 앞서도 계속 이야기 했지만 자신을 위한 자신만을 생각하는 이기주의자가 되길 바란다. 남들이 나의 삶을 살아 주지 않는다. 남들이 나를 책임져 주지 않는다. 나를 지킬 사람은 이 세상에 나 뿐이다. 그것을 위해서는 이기주의자가 되는 걸 추천한다. 남들이 자신만 안다고 손가락질을 해도 그들이 우리 대신 살아주지 않는다. 그런 말 하는 사람들이 내 삶을 대신 살아주는 이 세상의 시스템이 존재했다면 아마도 그들의 말을 들어야 할 것이다. 하지만 세상은 그렇지 않다. 나 대신에 살아 주는 사람은 없다. 나 대신에 고통과 아픔을 대신 아파하지 않는다. 그게 인생이다. 외롭고도 지친다. 그런 경우라면 그냥 사람의 인연을 놓아주는 것도 하나의 살아가는 방법이 된다. 그것이 우리에게 가장 큰 도움이 된다.

나를 피로하게 만드는 사람은 버리고 나를 필요로 하는 사람만 같이 잘 살아가면 된다. 세상은 넓고 나를 이해 하여 주는 이도 많다. 나를 이해 해준다는 것은 그 사람은 마음에 여유가 있다는 것이다. 여유라는 단어가 살면서 그렇게 어려운 단어라는 것을 늦은 나이에 알게 되었다. 나를 포기 하고 내 삶을 포기 했을 때는 모든 것이 여유 였다. 단 한가지 돈에 대한 여유를 제외 하고는 말이다. 나는 살면서 돈이 많으면 좋지만 돈을 모아야 하는 이유를 몰랐다. 있으면 쓰고 없으면 없는 대로 살았다. 내가 돈을 벌고 돈을 모으는 이유는 바로 여유를 가지기 위해서이기도 하다. 내 마음에 금전적 여유가 없으면 사람은 궁핍해지고 자신을 몰아 세운다. 그거 뿐이 아닌 사람이라고 생각한다. 내가 가진 돈으로 나를 평가 하게 된다. 그 지경까지 오게 되면 자기혐오가 시작 된다. 그런 걸 경험하지 않기 위해서 나는 돈을 모은다. 그 돈이 나를 금전적으로 자유롭게 하기에 일을 한다. 그 일로 인하여 사회적으로 안정감을 받기도 하기에 그러기에 일을 한다.

사랑이 무엇인지 알게 되었다

모든 사랑에는 정답이 없다. 하지만 나의 사랑에는 모든 것이 정답이 아니었다. 결국 틀린 것은 내가 아니라, 우울이라는 병을 너무 가볍게 여긴 나의 사랑이 틀린 것이다.

사랑이야기를 하게 되면 끝이 없지만 나는 사람이 태어난 이유 중 가장 큰 이유는 사랑을 하는 일이라고 생각 하는 사람이다. 그렇지만 내 사랑 이야기를 해보자면 사랑을 언제나 실패 했다고 사랑이 떠나간 후에 후회를 하는 사랑만 했기 때문이다. 그러면 우리의 사랑이 아니 나의 사랑이 틀린 것일까? 지금의 나는 아니라고 말할 수 있다. 사랑에 실패는 없다. 단지 사랑하는 방법이 다른 것뿐이다. 물론 그 사랑을 행하고 선택한 나 자신은 틀리긴 했다. 왜냐면 나 자신의 삶이 없기 때문이다. 오롯이 상대방의 사랑만이 있을 뿐이다. 모두가 그 사람이 사랑의 중심이 되기 때문이다. 말은 좋다. "너만을 위해 살아 갈게." 얼마나 로맨틱한 말인가. 나도 이것이 내 사랑하는 방법이라고 생각했다. 나라는 사람이 없어도 된다고 생각했다. 그저 나의 연인만 행복하면 된다고 생각했다. 하지만 지금 생각해보면 이것만큼 이기직인 사랑은 없을 것이라고 생각한다. 매우 이기적이다. 왜냐하면 하나의 인생을 상대에게 책임을 던져버린 사랑법이기 때문이다. 뭐든지 그 사람으로 인해 나의 삶이 좌지우지 한다. 그러기에 그 상대방에게 버려지면 쉬이 자살한다는 생각만을 해버린다. 그 사람이 내 세상의 전부인데 그 전부가 나를 버렸다는 것은 나의 세상이 없어진 것이 때문이다. 살아야 할 이유가 없어진다.

나도 그런 사랑을 했다. 항상 매번 질리도록 그런 사랑을 했다. 헤어지면 남의 탓을 하기 에 나의 마음은 언제나 피해자 코스프레를 했다. 주위에서도 그 정도는 충분히 했어 라고 한다. 그것으로 나는 피해자가 되었다. 근데 솔직히 알지 않는가? 피해자는 우리가 아니라. 상대였다는 것을 가해자가 되기 싫어서 도망 친 것 이라는 것을. 앞서 말했지만 내 마지막 사랑은 그걸 알게 해주었다. 그녀는 나의 전부였다. 하지만 그녀는 이제 지쳤다고 말했다. 나는 알고 있었다. 내가 무너지고 있다는 걸. 그렇지만 난 솔직하지 못했고 그녀는 다시 나를 받아 줄 수 없었다. 그런 상황이 되고 극단적인 선택을 하기도 했다. 그런 걸 반복하다 보니 어느새 나는 매일 밤 그녀와 했던 모든 것이 행복이었다는 것을 알게 되었다.

그녀가 내게 해주었던 배려 그녀가 내게 해주었던 사랑. 그게 무엇인지 알게 되었다. 사람이라는 동물은 참 원초적인 동물이다. 모르고 있을 때 와 알게 되었을 때 얼마나 다른 행동을 하는지 알게 되었다. 나는 몇 달간 잠이 들기 전에 행복했던 추억들이 그려지면서 매일 밤 울었다. 나는 주치의에게 가서 따지고 싸웠다. 다른 거 다 필요 없고 잠자게 해달라고 약 한꺼번에 먹고 자살 시도 하지 않겠다고 제발 잠들게 해달라고 부탁 했다. 그렇게 몇 달을 추억이라는 벌을 정말 치열하게 받았다. 그 벌은 그녀가 내린 것이 아니다. 내가 그녀에게 상처주고 이기적인 사랑을 선택 했던 내가 만든 나만이 느낄 수 있는 삶이 지옥 자체라는 것이라는 걸 알게 한 벌이었다.

행복한 기억이 얼마나 무서운 벌이라는 것을 알게 되었다. 그 벌을 익숙해 질 때 즈음 나는 알게 되었다. 내 사랑법이 잘못 되었다는 것을. 사랑에 잘못됨은 누구에게나 있다. 라고 생각했다. 사랑하기에 때문에 잘못을 하는 것 이라 생각했다. 하지만 이건 그것과 다르다는 걸 알게 되었다. 매우 잘못 되었다. 나만 편하고 나만 피해자인 연애는 연애가 아니었다. 그저 상처만을 남기곤 자리만 남는 것이었다. 사랑이라고 표현 하지만 그것은 증오보다 더한 가해자가 생기는 것이었다. 아무리 로맨틱한 말로 포장해도 그건 사랑이 아니었다. 그래서 나는 말해주고 싶다. 사랑을 하게 된다면 사랑한다는 명목으로 자신을 상대에게 팔아 넘기지 말았으면 좋겠다. 자신이 우울하다는 핑계로 연인에게 감정을 전이 시키지 말았으면 좋겠다. "당신이 사랑하는 사람도 사람이다. 사랑한다는 이유로 감정의 쓰레기통으로 쓰지 말기를 바란다." 그리고 다시금 등장하는 것은 바로 자신을 사랑하는 것이다. 자신을 사랑한다면 나의 연인을 사랑할 수 있고 서로가 사랑을 할 수 있게 된다. 나는 연애에 자신이 있었다. 나를 사랑하게 만들 자신이 언제나 있었다. 그럴 수밖에 없다. 나의 인생이 그녀들의 위주로 돌아가기에 그녀들은 사랑을 받는다는 느낌을 받을 수 밖에 없었다. 그러기에 언제나 나는 사랑에 대해여 연애에 대하여 언제나 자신이 있었다. 그건 나를 길거리에 떨어진 폐지 마냥 값어치 없는 사랑과 다를 바 없었다. 아니, 사랑이라는 이름의 상처를 파는 일이었다. 결국 상처만 남게 되는 사랑을 했다. 그걸 알게 되는데 까지 너무도 많은 사람들에게 상처를 주었다. 그들에게는 언제나 미안한 마음 뿐이다. 그렇지만 그녀들이 있기에 사랑에 대해서 확신을 가지고 말할 수 있는 사람이 되었고 지금의 나는 내 인생에서 가장 사랑이 완벽한 순간이라고 느낄 정도로 사랑을 갈구 하고 사랑을 원한다. 그걸 위하여 충분히 나에게 사랑의 양분을 열심히 주고 있다. 이 양분이 내게 올 사랑에 대한 준비라고 생각하기에 언제나 나를 사랑하는 것을 소홀히 하지 않는다. 더 나은 사랑을 위해서 나를 아껴 주길 바란다. 지금은 내가 사랑을 하고 있지 않는 상태라서 지금의 내가 어떤 사랑을 하고 있고 사랑을 할 때 상대에 대한 적절한 배려가 무엇인지 머리로만 이해 하고 있다.(연애를 책으로 배웠습니다 와 같은 맥락이다.) 그러기에 사랑에 대한 내 조언이 마음에 안 와 닿을 수도 있다고 생각한다.

사랑이라는 단어는 울림 자체가 사람을 행복하게 한다. 이런 나 여서 인지 아니면 사랑이 무서워 진 것인지 . 사랑을 표현 하는 것은 우울할 때가 더 잘 되었던 것 같다. 사랑의 무게라는 것이 이렇게도 무겁고 내 인생에 가장 중요한 단어일줄은 몰랐다. 그 동안은 너무도 쉽게 사랑한다 말하고 사랑한다 표현을 했다. 세상에 가장 많이 불려야 할 단어 이면서 세상에서 너무 가볍지 않아야 할 단어는 바로 사랑이다. 그 만큼 진중하고 모든 것을 다 주어도 모자를 때 해야 하는 표현이라고 생각 한다. 그래서인지 사랑에 대해서 더 무섭고 더욱 더 하기가 힘들어 진다. 쉬이 내 마음을 표현하기가 너무도 어렵다. 버려지는 것이 두렵고 그것으로 인해 힘들어 해야 할 연인에게 미안해진다. 그래서 사랑을 포기하려고 했던 적도 많았다. 하지만 결론은 결국 사랑이었다. 사랑을 못 받고 자란 나이기에 정답은 결국 사랑을 받아야 한다고 생각했다. 사랑만이 나를 나로 살게 해줄 것 같았다. 그래서 지금도 열심히 나를 사랑해 주는 연습을 하고 있는 중이다.

지금 내가 할 수 있는 것은 그거 밖에 없기에 이제 곧 올 나의 인연에게 덜 힘들어 하라고 힘들어 할 부분을 내가 대신 아파해하고 있다. 나를 더 완성시키어서 나의 인연이 짊어질 마음이 무겁지 않게 하기 위해서 나의 인연의 힘든 점도 내가 같이 아파할 수 있게 나의 마음에 집을 짓고 언제든지 상대를 포용할 수 있는 사람이 되기 위해서 나는 오늘의 나를 사랑하고 내일의 나를 사랑하는 연습을 게을리 하지 않는다. 이 세상에서 가장 사랑 받아야 할 존재 이기에 나는 그 존재가 빛이 나기 위하여 나를 준비하고 준비 한다. 사랑은 실수하지 않는다. 그래서 사랑은 완벽하다. 실수를 하는 것은 바로 사람이다. 우리 같은 경우 우울로 인해 제대로 된 사랑을 못해 알지 못한 것 뿐이다. 이제부터 알아 가면 된다. 쉬이 자신을 비하 하지 말고 앞으로 나아가자. 그런 의미에서 나는 충분히 자격이 있다고 생각한다. 앞으로 변경되고 앞으로 더 나은 사랑을 할 기초가 생겨진 것이다. 그것 만으로 충분히 사랑해야 할 이유가 된다. 더 나은 사랑은 우울감을 적게 만들고 더 나은 사랑은 더 행복한 시간을 보내게 된다. 그것이 삶의 이유이자 삶의 목표가 되어야 한다. 사랑에 대해 너무 가볍게 생각 하는 경향이 많은 세상이다. 쉽게 만나고 쉽게 헤어지고 다시 쉽게 사랑을 찾아 다니는 세상이 되었다. 사랑이라는 단어는 그렇게 가벼운 단어가 아니다. 그렇게 함부로 쓰면 안되는 단어이다. 사랑이라는 단어는 웅장하면서 그리고 무게가 있는 단어이다. 쉽게 생각하고 쉽게 말한다면 그것은 사랑이 아니라 그저 하나의 단어에 불과하다. 그 단어가 바로 마음이 되고 그 마음이 진심이 될 때에 그제서야 사랑의 무게감을 알게 될 것이다. 나는 너무 가볍게 사랑한다 이야기 하고 가볍게 사랑을 했다. 사랑의 깊이 라는 것을 알지 못했다. 그저 스킨쉽을 하고 그저 같이 있다는 것에 사랑을 만족 했다. 그러기에 사랑의 유효기간이 짧아 질 수 밖에 없었다. 그러한 이유로 사랑을 했기 때문이다. 마음 한 개, 스킨십 여덟 개, 리액션 한 개. 그것이 나의 사랑이 있었던 필요성이었다. 그렇게 사랑을 했다. 사랑에 마음은 어느 정도만 들어 가면 된다고 생각했다. 늦었지만 지금 에서야 알게 되었다. 마음 여덟개 스킨쉽 두개정도가 나의 진정한 사랑이라는 것을.

늦지 않았다. 늦었다는 말은 내가 죽기 전에 하는 말이다. 자신이 죽지 않는다면 그것은 늦은 게 아니라 조금 느리게 알게 된 것 뿐이다. 사람들은 그걸 늦었다 하고 포기 하라고 한다. 나는 반대로 이야기 한다. 세상에 이미 늦었다는 말은 믿지 말고 자신의 페이스 대로 자신에게 맞게 쓰면 된다. 남들의 시선 , 남들의 잣대에 맞춰서 나를 평가 하지 않았으면 좋겠다. 나 역시도 남들이 말하면 이미 늦은 나이에 나의 사랑은 이미 끝났다고들 말한다. 그 누가 그걸 정하는 것인지 모르겠다. 사랑은 내가 하는 것이고 내가 살아야 할 이유 인데 왜 그것을 정해 주는지 모르겠다. 그 오지랖은 넣어 두길 바란다. 나는 사랑을 할 것이고 나는 사랑에 대해 진심이면서 진중하다. 그러니 당신들도 사랑에 진중 하고 진심을 다 하길 바란다. 사랑이 온누리에 가득 차 있길 바란다.

나의 삶에 사랑 이란 사랑이라 부르고 상처라고 읽었다. 그것이 나의 사랑법이었다. 무엇이 잘못되었을까? 아끼고 소중하게 여기였는데 어느 순간 나의 사랑은 상처가 되어 있었다.

힘들어도 괜찮아

우울은 속으로 삼키게 된다면 결국 악성 종양보다 더 큰 위험으로 자신의 마음을 소비하게 된다. 우울증을 정신적인 병으로 인식하게 된다. 그것만은 제일 안 좋은 선택이다.

계속해서 같은 이야기를 앞서 이야기한 것처럼 우리네 인생은 사회생활도 해야 한다. 그러하지만 우울에 솔직하게 이야기 할 수 없는 사회가 너무도 우리 내를 힘들게 하는 것도 맞다. 인사평가에도 영향이 가고 나에 대한 평가도 사회에서는 마이너스 밖에 되지 않는 세상이다. 그래서 쉬이 삶을 살기가 더 힘든 사회이다. 그렇다면 방법은 하나이다. 아무렇지 않게 연기 하면서 살 수밖에 없다. 나의 경우 어릴 적에 다져진 연기력과 수다가 많은 것을 살려서 수다 뒤에 나를 숨기는 것을 잘한다. 실제로 사회생활로 알게 되는 이들의 대부분이 나에게 우울증이 있다는 것을 알게 되면 아무도 나에게 그런 거짓말은 하지 말라고들 한다. 매사에 긍정적이면서 노력형인간으로 알고 있다. 착한 사람이라는 가면을 잘 쓰고 살아간다. 하지만 그것이 안 되는 사람들이 있을 것이다. 분명히 그러한 사람이 많을 것이다.

너무도 어렵다. 나의 우울을 남에게 숨긴 채로 살아간다는 것은 나 역시도 힘들 때가 많다. 그럴 때면 적절히 나의 우울을 덜어 내는 행동들을 한다. 흔히 우리 내가 말하는 힐링한다고 하는 것들이다. 그리고 가장 좋은 힐링은 나의 말을 잘 들어 주는 사람과 하는 수다가 될 것이다. 원 없이 나의 수다를 받아 주는 사람이 있다는 것도 행운이다. 나의 경우 가족이 나의 병을 이해 해주는 행운은 없었지만 원 없이 나의 수다를 들어줄 사람들이 존재 한다. 그래서 나 역시도 행운아라 생각한다. 그들이 있기에 나는 남들과 다르지 않게 아무렇지 않게 사회생활을 할 수 있다. 물론 이 글을 쓰는 시점에 코로나가 온 세상을 덮어서 그것마저 힘들 때가 있다. 나는 그럴 때 연차를 쓰거나 하면서 잘 숨기면서 지냈다. 남들이 나의 돌발행동을 느끼지 못하게 웃으면서 잘 도망치면서 사회생활을 지속 하고 있다. 적어도 인식이 바뀌고 우리 내 사람들이 속이지 않고 세상을 살 수 있는 세상이 된다면 너무도 좋은 세상이겠지만 우리의 세상은 그렇게 녹록치 않다. 그래서 우리는 점점 생활 연기를 더 늘어만 갈 수밖에 없다. 이러다 가는 차라리 소설가가 아니라 연기자를 해야 할 판이다.

우리의 병은 옮는 것도 그렇다고 남들에게 피해를 주지 않는다. (물론 전이가 되긴 하지만 그것은 극히 일부에게만 해당된다.) 우리는 그저 남들처럼 살기 위해서 치료를 하고 마음의 평안을 찾기 위해 노력을 해야 한다. 하지만 남들은 그것을 인정하지 않고 그저 안쓰럽게 우리를 동정한다. 우리가 바라는 것은 동정도 그리고 우리가 아프다고 걱정해 주는 것도 아니다. 우리가 바라는 것은 아주 작은 공감이다. 그럴 수밖에 없었구나.

그 선택을 할 수 밖에 없었겠구나. 하는 공감이다. 하지만 그 공감이라는 것은 같은 상황에 처한 이들에게나 할 수 있다. 보통의 사람들은 우리에게 공감을 할 순 없을 것이다. 그들이 하는 것은 공감이라고 부르고 위로라고 생각한다. 그거만 이라도 해주는 것에 감사한다. 이렇듯이 우리는 남들과 다르게 치열하게 살아간다. 그렇다고 우울증을 가지지 않는 사람들이 힘들게 살지 않는다고 생각하지 않는다. 모두가 세상을 살아가기 힘들다. 내가 말하고자 하는 것은 우리는 감정을 많이 숨겨야 하는 우리가 너무도 힘이 든다.

세상에서 제일 힘든 것은 나일 수밖에 없다. 하지만 감정을 숨기고 살아야 하고 몰래 병원도 다녀야 하는 우리들은 너무도 힘들다. 나는 어느 정도 익숙해져서 어디 가서 우울증에 대하여 인지하지 못할 정도로 사회생활에 익숙해져 있다. 그리고 나는 잘 도망 다닌다. 정말 잘 도망 다닌다. 사무실에서 도망치고 웃는 얼굴로 죄송하다고 이야기를 한다. 나 같이는 할 수 없는 사람들이 많을 것이다. 하지만 노력해야 한다. 우리도 사회생활을 해야 하기에 노력해야 한다. 우울증을 가지지 않는 사람도 노력하면서 살아간다. 우리가 못할 이유는 없다. 우리도 할 수 있다. 남들도 하는 것을 우리가 못할 이유는 없다. 그러기에 오늘도 내일도 살아가야 할 이유가 늘어 갈수록 감정을 잘 숨긴 채 살아가길 바란다. 우울을 가진 채로 살아가는 것은 매우 어려운 일이다. 작은 일 하나에 무너짐을 가지는 병 이기에 숨기기가 너무 힘들다.

너무 힘이 들면 잠시 쉬어 가도 좋다. 병의 치료를 위하여 세상과 단절을 하여 치료에만 집중하는 것도 방법이다. 사회에서 살아남기 위해서 필요한 것은 나의 목숨 그리고 나의 감정이다. 사회생활을 한다는 명목 하에 자신의 처지를 더욱 악화시킬 필요는 없다. 잠시 쉬어 가도 된다. 잠시 내려놓아도 아무도 우리를 탓하지 않는다. 그 누구도 우리를 욕 할 순 없다. 항상 이야기 하지만 자신이 우선이 되어야 한다. 내가 바로 잡지 못한 상태라면 그 무엇을 하던 어중간한 단계가 되어서 오히려 사는 것 자체에 독이 되어 버릴 수 있다. 사람들의 인생은 쳇바퀴와 같다. 돈을 벌기 위해 열심히도 시간이 되면 쳇바퀴 안으로 들어가서 아무렇지 않은 척 바퀴를 굴리게 된다. 그 과정에서 남들과 다르게 더 힘이 든다면 잠시 내려놓아도 된다. 잠시 내려와 자신을 돌보고 자신을 생각하고 자신감이 넘칠 때 다시 돌아가면 된다. 이 나이에 쉬면 안 되는데 라고 들 많이 생각할 수도 있다. 나 역시도 사회생활을 하는 데 있어서 적은 나이지만 나는 많은 것을 우울로 인하여 버려야 했던 선택들을 조금 후회가 되기도 한다. 치료를 조금만 더 빨리 했다면 하곤 생각한다. 치료가 되지 않은 채 상처가 가득 한 채로 쳇바퀴를 돌리면 오히려 자신을 자신의 손으로 죽음에 더 다가가는 것과 같다. 나 역시도 그런 삶을 살고 그런 선택들을 했다. 그 선택에 대해 후회가 없었으면 좋겠다. 그러기에 사회에서 우리를 숨기지 않는 세상이 되어야 한다. 우리가 가진 감정들이 숨김으로 자신의 마음을 불태우는 행위를 하지 않는 세상이 되었으면 한다. 지금은 세상은 힘들 수도 있다. 하지만 다음 해에 그리고 다음 세대에는 병을 숨기지 않고 당당히 말하고 병가라는 시스템을 이용할 수 있는 사회가 되길 바란다. 우리가 힘들어하는 것은 병이기 때문인데 사회에서는 의지가 약하다는 말을 한다. 그들에게 물어보고 싶다. 손가락을 자릴 뒤에 우리가 의지가 약하다고 하면 받아들일 수 있는지를 물어 보고 싶다.

아픈 것을 의지에 비유하지 말았으면 좋겠다. 아프기 때문에 병원을 가는 것이고 아프기 때문에 약을 복용하는 것이다. 의지가 약해서가 아니다. 의지를 이야기하는 것은 자신의 일이 아니기에 할 수 있는 말이다. 그것을 알기에 나는 작은 응원을 한다. "많이 힘들어도 괜찮아. 그러니 살아줘. 내가 당신의 편이 되어 줄게."라고 작은 응원을 보내 본다. 아무도 그것을 해주지 않기에 나라도 해줘야 한다는 생각으로 언제나 그들에게 들리는 목소리로 응원한다. 나는 당신들이 살았으면 좋겠다. 더 좋은 것들을 보고 더 많은 것들을 보고 열정적으로 사랑을 하라고 말해주고 싶다. 그러기 위한 노력이라고 생각했으면 좋겠다. 세상엔 아직 못해 보고 겪어 보지 못한 것들이 나에게는 아직도 많다. 당신들도 아직 많다. 그것을 인지하지 못하고 그것을 시도하지 않았을 뿐이다. 나의 이야기를 하나만 하자면 나는 열정적인 사랑을 하고 싶다. 매우 지독한 사랑을 해보고 싶다. 그렇기에 나는 그 열정적 사랑을 위해서 많은 준비들을 하고 있다. 그 준비 중 하나가 바로 내 삶을 사랑하는 것이다. 이렇듯 하나의 목표가 생기고 그것을 향해 간다면 세상 속에 숨어 두는 연습이 필요하고 그것을 해낼 수 있는 자신감도 중요하다. 우리가 해야 하는 것은 자신을 믿어 주는 자신감 일 것이다. 자신을 믿고 자신이 원하는 바를 위해서 묵묵히 준비하는 것. 그것이 우리가 살아야 할 이유이다. 그것이 바로 자살을 쉬이 하지 말아야 할 이유이다. 자살을 택하기보다 남들 눈에 어릿광대처럼 보일지 모르지만 광대가 되는 것도 나쁘지 않다. 그런 삶을 살다 보면 누군가 나타나서 이야기해줄 것이다. 살아 주어서 고맙다고 이야기해 줄 사람이 나타나서 웃으면서 조용히 안아 줄 것이다. 마치 언제나 옆에서 나를 응원했던 것 마냥 우리를 알아줄 것이다. 우리를 위해 진심으로 눈물 흘려줄 것이다. 그 눈물의 의미를 알기 위해서 참고 또 참으면서 약으로 버텨 가면서 사회에서 버티길 바라고 있다.(앞서 이야기했지만 버티지 못할 경우 쉬어 가도 된다.) 나는 그 믿음 하나로 버티고 그 믿음 하나로 나의 꿈을 믿으면서 살아간다. 나에게 그렇게 해줄 사람을 위해서 나의 몸을 함부로 다루지 않으려 한다. 그래서 언제나 적절한 약과 적절한 삶의 지혜를 쓰곤 한다. (생각보다 어리지도 많지도 않은 나이이기에) 살고자 마음을 먹는다면 무엇이던 할 수 있다. 하고자 마음먹는 다면 그 누구도 보다 더 잘난 사람이 될 수 있다. 그것이 바로 우리이고 그것이 바로 나라는 존재이다. 그렇기에 사회에서 살아 주길 바란다. 힘들면 쉬어 가도 된다고 이야기하였는데 실제로 나 역시도 쉬어 갈 생각으로 회사에서 부장님과 싸웠다. 나는 이직을 생각하지 않았고 나의 마음을 먼저 생각했다. 그래서 나는 퇴직을 결심했다. 나의 마음을 지키기 위해서 나는 평소에 나를 감정의 쓰레기통으로 생각했던 부장과 싸웠다. 당시 내게 행한 일들에 대해 반박했다. 일을 아니 가면 쓴 채로 살아가는 것을 잠시 쉬고 싶었다. 구상해 둔 시나리오가 있어서 제주도 한 달 살기를 할 예정이었다. 그래서 나는 퇴직에 거리낌이 없었다. 나만 생각 하기에 미래를 생각하면서도 나를 지킬 방안은 있었다. 이렇듯이 자신을 위한 다면 이직 혹은 퇴직을 생각해 보는 것도 하나의 방법이라 생각한다. 남들보다 자신의 감정에 솔직 해져야 한다. 물론 나 같은 경우 이직이 되어 지금도 일을 하고 있다.

아무렇지 않게 살아가고 있다. 남들에게 표현은 안 하지만 나도 힘들다. 아직은 여유를 조금 더 찾아야 하는데 그렇지 못해서 힘들다. 그렇다고 회사에서 알아주는 것도 아니기에 나는 내가 할 수 있는 일을 하려 한다. 사람들은 종종 내게 말한다. “그렇게 까지 열심히 안 해도 되는데." 라고 이야기 한다. 나는 겸손을 떨면서 속으로 생각 한다. 내가 만족하지 못해서 나에 대해 철저하게 겸손과 배려가 독이라는 것을 알고 내가 허비한 시간들을 채우기엔 부족하기에 사회에서 살아남기 위하여 나는 노력 하고 더 노력해서 일을 한다. 물론 일 중독자 만큼은 하지 않는다. 적당한 선에서 마무리 하지만 만족하지 않으면 다시 하곤 한다. 지금 내가 할 수 있는 것은 노력 뿐이기에 나는 내가 할 수 있는 것을 하고 있을 뿐이다. 우울이 우리의 삶을 가져 간다 하여도 우리는 살아가야 한다. 그것이 인생이기 때문이다. 우리 때문에 한번 뿐인 인생을 망치는 것을 더 이상 허용 하지 말아야 한다고 생각 한다. 지금의 세상에는 우울을 이해 해주는 사람들이 제법 많이 있다. 나의 경우를 예를 들면 회사에서 우울증을 앓고 있는 것을 알고 있다. 말하기 까지 너무도 힘든 나만의 고난의 시간이 있었다. 말해야 하는 것이 맞는 것일까? 아니면 숨겨야 하는 것이 맞을까??에 대해 1시간 가량 생각했던 것 같다. 그렇지만 나는 말을 꺼냈다. 어렵게 떨리는 목소리로 말을 했다. 나는 우리와는 안 맞는 것 같아요. 라는 대답을 기다렸다. 그렇게 짐을 싸서 또 다른 어딘 에서 이직을 준비할 예정이었다. 하지만 돌아온 답은 말 잘해 주었다는 대답이었다. 아주 단순한 생각이었다. 내가 무언가를 앓고 있고 그것을 다른 직원이 인지 하지 못한다면 대표의 자격이 없다고 하셨다. 그것은 말하지 않는 이상 알지 못하는 부분이니 말해줘서 고맙다고 들었다. 이 이야기를 지인 에게 해주었더니 지인은 그런 사람은 흔치 않다는 대답들이었다. 나도 인정 하는 부분이다. 앞서도 이야기 하였지만 나는 인복이 제법 좋은 사람이라고 생각한다. 그 인복이 이제서야 빛을 바라고 있다. 그렇기에 나는 오늘도 열심히 회사를 위해 일을 하고 있다. 그것이 내가 우울을 가지고 살아가는 과정이라고 생각한다.

제5장
이별 그리고 뒤늦은 알게 된 것들

사랑 할 때는 헤어지게 되더라도 다시 만날 것이라고 생각했다.
나는 정말 모든지 내 위주로 생각하는 이기적인 사람이었다.
이별해야 지만 그 사람의 진정한 의미를 알게 되었다.
바보처럼 헤어지고 나서 나를 돌아볼 계기를 가지게 되었다.
사람은 이다지도 잃어봐야지 자신의 미련함을 알게 된다.

이별 후 알게 된 것들

이별하고 나서 나 자신을 돌아보게 되었다. 그것이 나를 알고자 하는 첫 걸음이었다. 이제부터 다시 나의 이야기를 써내려가면 되는 것이다.

지금의 자신을 인정하는 것은 삶에 있어서 매우 중요 한 일이다. 내가 할 수 있는 것과 하지 못하는 것을 명확하게 구분 지어야 한다. 때론 포기할 줄도 알아야 한다. 세상에 모든 것들 누리고 살면 좋겠지만 삶은 우리를 그렇게 두지 않는다. 지금의 나에게 충실 하고 내가 할 수 있는 것을 찾길 바란다. 그리고 나만이 해야 할 일도 찾았으면 좋겠다. 무언가 내가 해야 하고 나만이 할 수 있는 일을 찾기까지 너무도 힘이 든다는 것을 너무도 힘든 가시밭 길이라는 것을 잘 안다. 하지만 그것은 찾아내야 한다. 삶에 목적이 없다면 다시금 우울감에 휩싸일 수밖에 없기 때문이다. 내가 살아가야 할 이유 내가 살아야 가면서 이뤄야 할 목표. 그렇지만 이 두 가지는 우울증이 없는 사람들도 가지지 못하는 경우가 허다하다. 그만큼 어려운 일이다. 나는 이런 부분에선 행운아인 것 같다. 내가 가진 별 볼일 없는 재능이 내가 할 수 있는 일이고 내가 살아야 할 이유이고 내가 이루어야 목표 이기에 목표가 없고 살아야 할 이유가 없을 때의 나의 세상과 있을 때의 세상은 너무도 다른 세상이 되어 있었다.

성공에 대한 불확실 가득한 세상이지만 그 무엇도 두렵지 가 않았다. 언제나 죽음의 공포가 있던 세상이지만 죽는다는 공포에 대해서 무섭지 않았다. 죽는 것이 두렵지 않았으며 이루고 싶은 것도 없었으며 해보고자 하는 대부분의 일은 어느 정도 해보았다고 생각이 들었기 때문이.(물론 더 있지만 그런 것들 대부분 어마어마한 돈이 있어야 했다.) 그래서 오늘 바로 죽는다 하여도 두렵지 않았고 생에 대한 미련이 없었다. 그렇지만 나의 삶에 목표가 생기니 삶에 대한 미련이 생겼다. 내가 지금 죽는다면 미련으로 구천을 떠도는 영혼이 될 것처럼 이루어야 할 일이 있다. 이렇듯 삶을 살아야 할 이유가 생기니 삶에 활력이 생겼다. 나의 귀차니즘을 이겨 이렇게 글을 쓰고 있는 것 자체로 나 하나만 보더라도 엄청난 노력이 들어가는 행위이다. (이건 참고로 말하면 나는 일어나면 할 것이 없어서 21시간을 내리 잔 적도 있다.)

그런 내가 이렇게 글을 쓰기 위해 컴퓨터를 켜서 타자를 친다. 이렇듯 삶에 있어서 목표가 있다는 것은 매우 중요한 일이다. 그러기에 꼭 찾길 바란다. 목표를 찾지 못할 수도 있다. 그렇다고 너무 자책 하지 않길 바란다. 그럴 때는 내가 할 수 있는 일을 묵묵히 해보면 된다. 그리고 자신을 조금만 아주 조금만 믿어 주길 바란다. 당신은 당신이 생각하는 것 보다 더 엄청난 사람이다. 가치 없는 것 없는 하나의 생명이 아니다. 너무 쉬이 자신을 내버리는 짓을 안 하면 좋겠다. 이것은 나도 잘 안 되는 것인데 자신을 소중히 대해 주면 좋겠다. 내게는 삶의 지침서 같이 있는 말이 있다.

이전 연인의 말을 아직도 가슴속에 담아 두는 것이 아주 미련한 짓이라는 것을 너무도 잘 알지만 그 당시에는 너무도 당연한 일이고 너무도 잘 다치는 성격에 나는 몸을 함부로 쓰는 편의 성격이었다. 그럴 때면 전 연인이었던 그녀가 내가 해준 말이 있다.

"내 것에 함부로 상처 내지 말아."

상처가 어디선가에서 생긴 날이면 혼을 냈다. 내가 다쳤는데 오히려 혼나서 때론 심술도 부렸지만 그것만큼 나를 사랑하고 아끼는 말은 없다는 것을 헤어지고 나서야 알았다. 나는 비록 늦게 알게 되었지만 당신들은 그러지 않길 바란다. 당신들은 누군가의 것이기에 함부로 몸을 다루지 말았으면 좋겠다. 자신의 꿈을 그리고 자신의 할 일을 찾는 것만큼 자신을 사랑해 주고 아껴주는 것도 중요 하다. 몸에 대해 소중하게 생각하지 않으면 또 다시 죽음과 같이 동행하는 삶을 지

내 야하기 때문이다. 나는 그래서 지금의 나를 엄청나게 소중하게 생각 하고 나를 사랑한다. 나를 사랑한다는 표현은 낯설고 부끄럽지만 나는 나를 사랑한다. 그리고 사랑한다는 정의를 너무도 잘 안다. 내가 그동안 했던 것은 사랑이 아니라고 동정표를 팔아서 한 사랑놀이였다고 할 정도로 나는 나에 대한 사랑의 정의도 나의 연인에게 해주어야 하는 사랑도 매우 머리로는 잘 알고 있고 그것을 실행하기 위해 노력 중이다.

지금 나의 삶은 모든 것이 노력 중이다. 살아 있고 살아 숨 쉬는 것조차도 노력이다. 이런 부족한 나도 노력을 하니 당신들도 노력을 해주었으면 좋겠다. 자신을 위해서가 안 된다면 연인들을 위해서 그것도 안 된다면 가족을 위해서라도 그것마저 안 되면 지금 이 글을 쓰고 있는 나를 위해 노력해서 살아 주길 바란다. 내가 하고자 하는 부분 중 우울을 가진 사람으로써 살아서 가면서 해야 할 목표가 있다. 우울증을 숨기지 않고 살 수 있는 세상을 만들어야 한다. 내가 하고 싶은 것 중 하나가 그런 세상이기에 나는 그런 세상을 위해 살아가기로 마음먹었기 때문이다. 처음에 생각이 들었던 것은 "남들은 너보다 더 한데 그럼에도 살아가고 너는 아무것도 아니야." 라는 말을 들었을 때 그건 상대적인 것이 아닌가 에 대해 생각 했었다. 이 세상 그 누구도 자신의 힘들어 하는 것을 알아주지 않고 그것을 이해 할 수 없다고 생각했다. 사실 틀린 말은 아니다. 나 보다 더한 고통속에 살아가고 나 보다 더한 인생을 살아오신 분들도 많이 있다. 내가 하고자 하는 것은 "내가 이렇게 힘들게 살았지만 지금은 그것을 버티고 굉장한 사람이 되었어. 그러니 칭찬해줘." 이런 말이 아니다. 내가 겪어 봤기에 남들을 더 잘 이해 해 줄 것 같아서 시작 되었다. 한 명이라도 내게는 소중한 사람들이다. 그 사람들이 겪었을 고통을 너무도 잘 알기에 그 사람들에게 도움이 되고 싶다. 나는 겪어 봤기에 다음 세대의 사람들은 이런 고통속에 살지 말 길 바란다. 하지만 우리의 세상은 점점 우울이 일상이 되어버리는 세상이 되어버리고 있는 것 같아서 나의 마음이 무겁게 되곤 한다. 내가 그것에 아무것도 할 수 없음에 나는 조금 더 많은 것을 할 수 있기를 바라며 노력을 하고 있다. 지금은 아무것도 할 수 있는 일이 없지만 내가 도움이 되는 무언가를 위해서 준비하고 이겨내는 삶을 살고 있다. 자신의 마음에 우울이 있으면 살기 힘들다 이야기 하지만 꼭 그런 것만은 아니다. 인생에 있어서 적당한 우울은 삶에 있어서 원동력이 된다지만 우울로 인해 포기 하면 안된다고 이야기 하고 싶다. 인생에 행복과 기쁨만 있다면 어느새 익숙해진 자신이 행복이 행복인 줄 모르고 살기에 적당한 우울은 삶의 원동력이 되기도 하기에 아직은 포기 하면 안된다고 이야기 하고 싶다. 아직 빛을 바래 였건 바래지 않았건 별은 언젠가는 빛나게 되어 있다. 그러니 자신을 믿고 나의 별을 빛내려고 노력하면 된다. 나를 빛내줄 사람을 찾지 않고 내가 빛을 내는 존재가 되길 바란다. 남들 손에서 빛나는 내가 아니라 내 안에서 나오는 빛으로 나라는 존재를 인식 할 수 있도록 해야 한다. 사람이 태어난 이상 한 가지는 빛이 나게 되어 있다. 그것을 발굴하지 못 할 뿐이다. 그걸 발굴 하는 것은 자신만의 숙제이기도 하다. 혼자가 힘들면 코칭을 해주는 사람들도 존재 한다.

나 같은 경우엔 코칭 선생님은 책이었다. 이미 확고한 가치관과 확고한 정의가 내 안에 있기 때문에 남의 말을 잘 듣지 않는다. 나의 방식대로 해석 나에게 맞게 다시 맞추는 편이다. 그렇기에 사람에게 받는 코칭은 책으로도 충분 하다 생각한다. 그렇지 않는 사람들도 있다. 누군가 의지해야 누군가에게 가르침을 받아 야지 알게 되는 경우도 있다. 사람마다 배움이나 습득의 방법의 차이가 있을 뿐이지 두 가지가 다른 것은 없다. 무엇을 선택하든 후회 없는 선택이기에 자신의 빛을 내 줄 것을 찾길 바란다.

나의 빛은 글로써 빛날 것이라는 것을 믿고 언제나 묵묵히 헤쳐 나간다. 묵묵히 도전해 나간다. 아직은 준비 단계라서 나를 찾는 이가 없다. 그러함에도 나는 앞으로 나아간다. 내 인생의 드라마의 관객이 없어도 상관없다. 나는 이 무대 위에서 나만의 위한 그리고 나를 완성해 가는 것을 만들 생각이다. 그 마지막은 해피엔딩이길 바라면서 언제나 앞으로 정진해 나간다.

그럼에도 살아간다

왜 우리 내 세상은 우울증에 대한 인식이 좋아지지 않는 것일까. 히어로물에서 빌런 들은 열광하면서 우울증의 안 좋은 점은 열광하지 않는다. 무언가 모순된 세상이 되어 가는 기분이다.

병이 있다고 세상은 우리를 안타까움에 배려해 주지 않는다. 그것이 바로 세상이고 사회생활이다. 참 아이러니 하게도 우리의 병을 이야기 하면 더 괴롭게 만드는 사람이 존재 하게 된다. 오히려 독이 되어버리는 세상이 만들어지는 세상을 한탄하여 본다. 그렇게 우리는 사회에서 도태 되게 된다. 참 이상한 일이지 않는가? 우리 내 사람들은 남을 돕게 살라고 배워 가면서 커왔다. 하지만 정작 도움이 필요한 사람들을 밟고 나아가는 살아가는 사람들이 존재 한다. 이건 성선설, 성악설이 오가는 문제라서 더 거두는 하지 않겠지만 우리 내 병은 사회생활에서 말하게 되면 편리한 도구처럼 이용할 수도 있지만 남들에게 이용당할 수도 있다. 양날의 검과 같다. 어떻게 쓸 것인지에 따라 사회생활을 더 나아갈 수 있다.

내 경우를 예를 들어 보자면 일을 하게 되면 어느 정도 일에 집중을 하며 나름의 노력가라 듣곤 한다. 하지만 참 재미있게도 나는 철저히 게으름쟁이 에다 귀차니즘이 몸에 베여 노력가 와는 거리가 먼 성격이다. 하지만 나와 같이 일하는 사람들은 나를 노력파라고 부른다. 무슨 이유가 있어서 이런 식으로 불리게 되는 것일까? 나도 맨 처음엔 이런 소리를 못 듣고 세상에서 가장 억울한 표정으로 일을 하곤 했다. 당연히 사람들은 나를 꺼려했다. 아무도 나에게 말을 걸지 않았다. 그렇게 이직이 반복되는 삶을 살거나 하는 일에 비해 턱없는 월급을 받고 일해야 했다. 자본주의가 무서운 것은 그거라도 벌 수 있다는 것에 감사했을 정도였다. 어디를 가던 어느 조직에 가건 나는 버려진 존재였다. 그런 내 모습이 치욕스러워서 보기 싫었다. 나를 경멸하고 나를 깔보는 그 태도가 정말 꼴보기 싫었다. 어떻게 하여서라도 복수하겠다고 다짐하고 그렇다면 복수는 무엇 인가에 대해 반문하였다. 무슨 수를 쓰더라도 약점을 잡아서 그 사람들을 이용해야 하는 것일까? 아니면 멋지게라고 생각하면서 말도 없이 당일 날 사표를 던지고 오는 것일까? 둘 다 아니라고 생각했다. 결국 승자는 무엇인가를 매우 고민하게 되었다. 결과는 사실 정해져 있었다. 단지 그 길을 선택하고 싶지 않아서 애써 생각 저 편으로 깊숙하게 묻어 두는 것 뿐이었다. 그저 그 길이 답이 아니길 바라는 마음만 가득한 것이었다. 복수는 참 간단하지만 매우 어려운 일이었다. 나의 대한 평가를 다시 쓰게 만드는 것. 너희들의 알량한 가치관으로 나를 평가 할 수 없게 만드는 것. 이것은 참 어렵고도 쉽다. 노력에 제한이 없고 방법에 제한이 없기 때문이다. 1+1 =2 인 것처럼 딱 떨어지는 수학 공식이 아니기에 어떤 선택을 해야 하는지 어떤 행동을 해야 하는지 알 수가 없기 때문이다. 그래서 내가 내린 결론은 딱 하나였다. 밉보이지 말자. 나에 대해 안 좋은 평가 나오지 않도록 모르는 것이라도 내가 할 수 없는 일이라도 열심히 했다. 그저 열심히 했다.

무엇이던 나 혼자 해결 하려 노력 했고 혼자서 못하겠다는 판단하면 바로 잘 알고 있는 직장 내 사람에게 조언을 구했다. 단지 그것 뿐이었다. 그리고 가장 어려운 일이 하나 더 하긴 했다. 바로 미소 짓는 것. 화가 나도 웃을 것. 항상 웃음을 얼굴에서 지우지 않을 것. 이 두 가지만 알고 행동 하니 나에 대한 평가가 달라졌다. 나에 대한 이미지가 달라졌다. 그리고 나의 마인드가 변하는 걸 알게 되었다. 우리 내 사람들은 원래 예의라는 걸 잘 아는 사람이라. 항상 웃고 미소로 인사를 하는 사람에게 욕을 하지 않으면서 나에 대한 인식은 성격 좋은 사람이 되어 있었다. 성격이 좋다. 라는 표현이 나에게 맞을까? 우울증을 알고 있고 경계선 인격 장애를 가지고 있는 내가? 과연 성격이 좋을까? 결단코 말하지만 나는 성격이 좋지 않다. 어디 가서 성격을 이야기하면 내 성격이 좋다는 지인은 없다. 단지 그런 이미지가 나에게 있을 뿐이다. 이것은 마치 기계와 같은 것이다. 반복된 행동들이 나의 삶을 바꾸었다. 나의 사회를 바꾸었다. 말도 안 되는 돈을 받던 사람이 이제는 연봉에 대해 이야기 할 수 있고 합당한 대우를 받아야 한다고 생각이 들었다. 별거 아닌 것 같은 행동 하나였다. 그저 내가 우울하다는 핑계로 하지 않았던 가면을 한번 써 본 것뿐이다. 나를 경멸하는 이들에게 그저 복수 하겠다는 다짐으로 가면을 썼다. 나의 사례의 결과로 재미있던 일이 있었다. 내가 이직을 결심하게 된 곳은 공무원들이 많은 곳의 유지보수실이었다. 그 유지보수실의 막내였던 내가 그만둔다는 이야기를 듣고는 센터장님께서 점심을 같이 먹자고 제안 하셨다. (참고로 말하지만 나는 공무원도 아니다.) 이것은 참 이례적인 일이다. 나는 그곳을 1년 2개월만 일했으니 공무원 분들 이랑 친밀한 관계는 아니었다. 그저 나는 웃으면서 언제나 먼저 인사를 드렸을 뿐이다. 센터장님 입장에선 나라는 사람은 일개 사원인데도 나를 챙겨 주시는 기적과도 같은 일이 발생한 것이다. 이것이 내가 가면을 쓰고 받은 가장 멋진 대우였다. 나라는 사람은 퇴사 할 때 인간관계가 좋다는 증거이니깐. (실제로 마지막날 내가 퇴직 한다고 인사해주려고 오신 공무원분들이 있다. 이 자리를 빌려서 한번 더 신경 써주셔서 감사하다고 전하고 싶다. 그렇게 생활을 하니 재미있게도 그들에게 복수 하자는 마음 보다는 나의 세상이 보였다. 그리고 내가 해야 일들 그리고 지금의 나에겐 아직 죽음이라는 것은 내게 불합리하다고 생각한다. 라는 생각을 가지게 하였다. 한 번의 선택이 나의 미래에 대해 바꾸었다. 마인드가 바뀌니 언제나 우울이라는 벽 안에 살던 나는 더 큰 그림을 그릴 수 있는 사람이 되어 있었다. 나라는 인간이 이 세상에 필요한 존재로 여겨지는 존재로 바뀌었다. 사회에서 만난 사람들은 내가 우울증을 그리고 공황장애와 경계선 인격 장애가 있다고 이야기 하지 않는다. 내가 그런 거와는 전혀 상관없는 사람이다. 이제 내가 하는 말을 알 것 이라고 생각한다. 왜냐면 지겹게 같은 이야기를 반복하기 때문이다. 단한번의 선택. 그것부터 시작이다. 무엇을 선택 하던 나는 당신들의 선택을 존중해 줄 수 있다. 단 하나만 빼고 말이다. 바로 자신의 손으로 자신을 죽이는 일이다. 그것만 아니면 정말 어느 것이던 응원해 줄 것이다. 왜냐하면 사람이 태어나면 존중 받아야 마땅하고 그 사람이 태어난 것 자체가 행운이라고 생각하기에 나는 어떤 선택을 하던 마음 깊이 감사와 함께. 응원을 마다하지 않을 것이다. 그래서 마지막으로 이 말 한마디만 하고 싶다. 살아주길 바란다. 아니, 제발 부탁이다. 살아서 다른 사람들이 보지 못한 미래를 보여주길 바란다.

제발 부탁한다. 함부로 목숨을 가볍게 여기지 말았으면 좋겠다. 당신은 이미 축복을 받고 있다. 그렇지 않다 생각 하면 나라도 축복해 주겠다. 지금 까지 살아줘서 고맙습니다. 앞으로 치열하게 살아주세요. 나 역시 도 치열하게 살아 가고 있다. 사실 나도 알고 있다. 지금의 나는 치료에 집중 할 시기라는 것을 때때로 우울감에 사로 잡혀서 일상을 생활 못할 경우가 있다. 그럼에도 나는 표현 하려 하지 않고 우울감에 노예가 되지 않기를 바라고 노력 하면서 살고 있다. 그렇게 안 보이려고 노력하면서 살아간다. 일상 생활에 무리가 가지 않는 선에서 나를 컨트롤 하려 노력한다. 그럼에도 컨트롤이 되지 않게 된다면 휴식을 위해 시간을 쓴다. 남을 위해서 살아가기 위해서는 많은 노력이 필요 하다. 그 많은 노력 중에서 가장 중요 한 것은 바로 자기 자신의 평온한 마음에 있다고 생각 한다. 우울감에 휩싸이면 제대로 된 판단이 일어나지 않으면서 마음에 여유가 없기에 사람들에게 걱정과 두려움을 끼치게 된다.

우울증에 있어서 걱정은 더 한 상처가 된다는 것을 잘 알고 있으리라 생각 한다. 그러기에 나는 절제가 안되거나 우울감에 감정을 질 것 같다면 쉬어 가기를 권한다. 남들에게 뒤쳐지는 것이 두렵다면 그 두려움도 내려 놓기를 바란다. 남들에게 지기 싫다는 이유로 우울감을 쉬이 여긴다면 결국 잡아 먹힐 자신만이 있을 것이다.

인생에 우울감에 잡어 먹힌다는 것은 매우 슬픈 일이다. 그 감정이 아니 여도 세상엔 할 것이 많고 많은 행복 들이 숨어 있다. 안 좋은 감정만 찾지 말고 숨어 있는 세상의 좋은 감정만 찾기를 바란다. 우리는 행복하기 위해서 태어난 것이지 자살 따위를 하기 위해서 태어난 것이 아니다. 그러니 부탁하고 부탁 한다. 당신의 행복을 찾아 주기를 바란다. 우리도 사람이고 남들도 우울감을 느끼는 세상이 되었다. 우울을 감추고 세상을 살아 가는 사람이 많아진 시대에 왔다. 그 만큼 상대적 박탈감이 많아진 시기이다. 인터넷이 발전 하여 남들은 잘 사는 모습만 보이는 시대가 도래 하였고 우울한 감정은 감추는 세상이 되었다. 인터넷에 모든 이들은 나 보다 잘 살고 잘 지내는 것 같은 시대이다. 그렇지만 한번쯤 생각 해 보길 바란다. 우리들 역시도 남들 눈에는 잘 살고 있는 것처럼 보일 수 있다는 것을 인터넷이라는 가면 뒤에서 그들도 울고 있을 수도 있다는 것을. 남들과 비교 하기 시작하면 끝도 없다.

나보다 잘나고 멋지고 , 예쁜 사람들은 얼마든지 있다. 누구나 아는 이야기이고 누구나 상대적 박탈감을 느낄 수 있다. 그렇지만 나라는 존재는 어디에도 없다. 나라는 존재는 누구도 대체 할 수 없다. 그러기에 자신의 매력을 알아주길 바란다. 자신의 내면 속 아름다움을 잊지 말아 주길 바란다. 지금 이대로도 충분히 나나 당신들은 아름답다. 마지막으로 사랑을 하고 사랑을 받으면서 살아 가 주길 바란다.

우리가 아무리 힘이 들다 한들 우리 손으로 우리를 죽이지 않는 이상 삶을 살아 가게 된다. 그것이 인생이고 삶이다. 그러니 제발 부탁한다. 살아 가 주길 바란다. 신에게 기도 하지 말고 자신에게 기도 하면서 살아 가길 바란다. 자신에게 살려 달라고 기도 해보길 바란다. 결국 죽음을 선택 하는 것은 신이 아닌 자신이기에 자신에게 기도해 주길 바란다.(믿고 있는 신이 있다면 신에게 기도 하는 것이 맞다.)

현재성장형

남들과 나를 비교하지 않을 것.

지금 있는 그대로의 나를 아껴줄 것.

자신이 소중한 존재라는 걸 잊지 말 것.

이것은 지금의 나에게 하는 맹세이자 신조이다.

내가 자신을 사랑해야 하는 이야기를 위해 앞에서 주저리주저리 이야기 한 것과 매한가지이다. 바로 이 부분을 이야기 해주고 싶었다. 우울증은 자신을 너무도 아끼지만 자신을 사랑해 주지 않는다. 지독히도 사랑해 주지 않는다. 이성에게 사랑한다고 말하지만 자신을 사랑하진 않는다. 자신을 사랑한다는 것을 너무 안일하게 생각들 하는 경향이 있는데 우울에서 가장 중요 한 것이 바로 자신을 사랑해 주는 것이다. 그 만큼 어려운 숙제이기도 하고 힘든 일이기도 하다. 앞서 말했듯이 나는 거울을 보기 싫을 만큼의 나의 얼굴이 너무도 싫었다. 특히 흔히들 말하는 돼지코라서 더 보기 싫었다. 그리고 피부 또한 남들처럼 좋은 피부가 아니었다. 그래서 거울보기 싫었고 거울을 닦지 않았으며 셀카를 찍는 것을 극도로 싫어했으며 연인과의 사진을 찍는 것을 너무도 싫어했다. 그래서 별거 아닌 일로 많이도 싸웠다. 그렇지만 지금의 나는 나이에 맞지 않게 셀카를 찍는 것을 즐기고 지금의 나를 그대로 인정하고 그대로의 나를 사랑하고 있다. 가장 큰 이유는 나를 사랑해 줄 사람이 나라는 것을 너무도 잘 알기에 나는 나를 사랑하기로 마음먹었다.

그래서 나를 엄청 사랑한다. 그래서 나는 나를 함부로 쓰지 않으며 내가 믿는 가치관으로 세상을 살아가고 있다. 자신을 사랑하는 일이 너무도 힘이 든다는 것이다. 우울을 가진 사람 중에 예쁘고 아름다운데 자신의 모습이 싫다고 투정 부리는 사람들도 많이 봤다. 우울을 가진 사람들의 눈에는 보이는 모습이 다르다는 것을 너무도 잘 알게 되었다. 내가 나를 사랑하는 방법을 알게 되었다. 있는 그대로의 모습을 인정 하는 것. 그리고 나를 응원해 주는 것. 그리고 남들과 비교 하지 말 것 이 세 가지였다. 나를 사랑하기엔 이 세 가지면 충분했다. 그렇게 나의 마음가짐이 달라지니 나의 장점이 보이고 나를 사랑할 수 있었다. (내 얼굴에서 가장 좋은 것은 눈동자이다.) 이처럼 있는 그대로의 나를 보기 시작하면 자신을 사랑하기에 수월하다. 지금 그대로의 자신을 사랑하기 힘이 든다면 우리에겐 화장이 있다. 화장으로 자신의 부족한 부분을 가리면 된다. 요새는 남자도 화장을 하는 시대이다. 그만큼 우리 사회는 외모지상주의이다. 부족하다면 화장으로 커버하면 된다. 세상엔 나를 사랑하게끔 도와주는 것들이 많다. 그리고 연애를 시작하기 전에 자신을 사랑하는 일이 엄청 중요 하다.

사랑 이야기는 조금 더 뒤에 이야기 할 것이지만 나를 사랑하지 않는 연애는 그 결과는 정해져 있다. 그 끝의 결과는 충분히 예상이 간다. 결과적으로 자살로 협박하는 연애가 될 것이다. 내가 그러 하 듯이 그럴 것이라 생각한다. 그러니 우선은 자신을 사랑하는 법을 알고 사랑하면 나를 사랑해 주는 사람이 생기기 마련이다. 감정의 전이라는 것은 그런 것이다. 내가 나를 사랑하지 않고 그저 우울함만을 가지고 있다면 제대로 된 사랑이 다가오지 않는다.

나와 같은 우울한 감정을 지닌 사람들이 내 감정에 불러들여 올 것이다. 그 역시도 너무도 위험한 줄타기와 같은 연애가 되기에 자신을 사랑하는 연습을 해 두자. 미래의 나의 연인에게 보다 완벽한 사랑을 주기 위해서라도 자신을 사랑해주어야 한다. 그렇지 않으면 서서히 도태되어서 사랑을 할 수 없는 사람이 되어버린다.

사랑을 하는 것 만이 이 세상을 살아야만 하는 가장 큰 이유라고 생각하기에 나는 지금 이 순간에도 사랑을 위해 준비 한다. 사랑을 위해서 모든 걸 내 던질 각오가 되어 있다. 그러기 위해서 나를 사랑하려 했고 나를 사랑하는 법을 배웠다. 나는 나를 사랑하게 되면서 나의 자살시도의 횟수가 급격하게 내려갔다. 나를 위해서가 아닌 나중에 있을 나의 연인에게 나의 몸에 상처에 대해서 눈물 흘리게 할 수 없다는 생각으로 팔목을 긋지 않는다. 그 한 순간이 정말 중요하다. 선택하기 전에 한 번의 생각을 하는 것 만으로 우리의 생존 확률은 급격하게 상승할 것이다. 자신을 위해서 자신을 사랑하지 못한다면 연인을 위해 연인이 없다면 곧 다가올 세상에서 가장 소중한 존재를 위해서 자신을 사랑해 주었으면 좋겠다. 그리고 당신들이 지금 사랑을 하고 있다면 좋겠다. 왜냐하면 사랑하는 사람이 자신에 옆에 있다는 것만으로도 살아갈 이유가 충분하기 때문이다. 단, 그 사람을 위한다면 그 사람에게 우울폭력을 행하지 말 길 바란다. 이전에 내 삶이 그러했고 사랑한다는 이름으로 그녀들을 괴롭혔다. 우리의 몸은 우리가 사랑할 누군가의 몸이다. 자해를 한 내 모습을 보고 눈물 흘리는 상대방의 기분을 생각 해보자. 남의 감정을 생각 해본다는 것이 어려울 수도 있다. 반대로 생각 해보면 된다. 나의 연인이 우울함에 또는 다른 이유에서 죽음을 택해야 했다는 말을 듣는 다면 내 자신이 너무도 힘든 감정이고 상대에게 미안함을 가지게 될 것이다. 힘들었을 당시에 내가 옆에 있어 주지 못했다는 자책을 하게 될 것 같다. 상대 역시도 같은 생각을 가지고 있을 것이다. 내 몸을 소중히 여기지 않았다고 혼을 낼 수도 있다. 혼이 나야 하는 것은 맞다. 내가 사랑을 하게 될 상대의 물건에 상처를 냈으니깐. 사람들은 쉽게 물건에 흠집이 나지 않기를 바란다. 휴대폰만 보더라도 망가지지 않게 하기 위해서 아끼게 된다.

그런데 살아 있는 자신의 것에 상처를 냈다면 얼마나 화가 날지 생각해 보기를 바란다. 자신의 팔을 긋기 전에 한번 즈음은 생각해 보기를 바란다. 지금 옆에 있는 상대이건 나중에 올 상대에게 온전한 나를 줄 수 있는 존재가 되길 바란다. 우울증을 사랑으로 극복하는 것이 좋은 방법이라고 했지만 제대로 완성되지 않는 불안정한 마음으로 하는 사랑의 결말은 우울폭력이 될 것이다. 그것을 행하는 것은 사람으로서 하지 말아야 할 행위를 하는 것과 같다. 내가 자신만을 생각하고 살라고 했지만 사랑에 관해서는 아니다. 가족에 관해서는 아니다. 그것은 별개의 이야기다. 내가 앞에서 말한 부분은 자신의 지인들에게 하는 행위이다. 가족과 연인은 그렇게 대해야 할 사람들이 아니다.

감정의 쓰레기통으로 생각 하지 말아 주길 바란다. 감정의 쓰레기통은 나를 감정의 쓰레기통으로 쓰는 사람에게 돌려 주면 된다. 생각보다 머리만 잘 굴리면 그런 사람에게 돌려줄 방법은 많다. 나 역시도 전 직장에서 그렇게 해주고 퇴사했으니 우리에겐 비밀 무기가 있지 않은가. 그러니 자신의 연인과 가족에게 우울폭력을 행하지 않길 바란다. 행복한 것만 보여주고 행복하게 해줘도 모자랄 시간들이지 않는가? 시간은 우리를 기다려 주지도 배려해 주지도 않는다. 시간을 어떻게 사용하는지에 따라 우리의 세상도 달라진다. 우울감과 불신 그리고 상처를 주는 행동들로 시간을 쓴다면 얼마나 아까운 것일까. 나는 시간을 그렇게 쓴 것을 후회한다. 사랑한다고 한마디 라도 한번의 행동이라도 더 할 것을 이라고 생각한다. 그렇듯 시간을 어떻게 사용 하느냐 에 따라 시간은 나를 나락으로 떨어뜨리는 족쇄가 되기도 하고 나를 행복한 세상으로 올려줄 도구가 되기도 한다.

시간을 자신을 사랑하는데 그리고 내 사랑을 줘야 할 사람들에게 쓰는 것이 가장 현명한 방법이라고 생각한다. 사랑하라. 지금 살아 숨 쉬는 이 순간에도 . 자신을 그리고 나의 연인을.

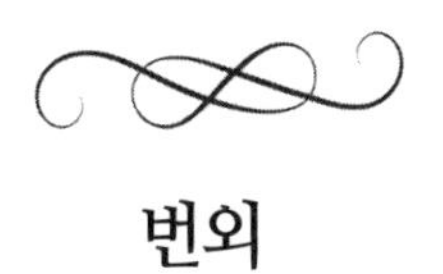

번외

현재진행형에서 완성형으로
비혼주의자 가 많아지는 요즘에
사랑을 하면서 결혼 생활을 하기까지.
어려운 난관이 우리를 가로 막을 것이다.
그럼에도 나는 연애와 결혼을 포기 않았으면 좋겠다.
옆에 내 편이 한 명이 있다는 것만으로
안정감을 가지고 살 수 있기 때문이다.

현재 진행형에서 완성형으로

나라는 사람에 우울을 빼면 로맨티스트라고 해도 될 정도로 연인에게 잘해주는 성격을 가지고 있다. 그것으로 된 것이다. 그것으로 살아가는 충분한 이유가 되는 것이다.

여러 번 앞서 이야기 하였지만 사람이 태어나서 사랑을 하는 것이 태어난 이유라고 하였다. 우리 내 병을 가진 사람은 지독히도 사랑에 목말랐다. 이건 누군가의 분석이 있던 것도 심리학자나 의사에게 나온 말이 아니라. 내가 겪어보고 내가 느낀 우울은 사랑의 부족함이 생겨서 우울감이 생겨나는 것 이라는 생각이 있다. 그러 듯이 우리 내 병을 가진 사람들은 사랑이 절실히 필요하다. 그러기에 사랑에 맹목적으로 매달리는 경향도 있다. 틀린 선택은 아니다. 생각해 보면 알

것이다. 자신이 사랑할 때와 사랑 하지 않을 때의 우울감도가 어느 정도 인지 충분히 계산이 가능하다면 알 것이다.

사랑이 우울에 미치는 영향이 매우 크다는 것을. 그렇듯 우울엔 사랑이 필요 하다. 그렇지만 우울이라는 핑계로 상대에게 사랑으로 때리지 말아주자. 사랑하지 않는가? 왜 사랑한다면서 상처를 입히고 마음의 병을 전이 시키는 것인가? 그것은 사랑이 아니다. 마치 자신의 우울을 사랑이라는 이름의 상처를 강매 하는 것과 다르지 않다. 사랑이 필요 하다면 상대를 생각해주고 상대를 더 아껴 주기 위해서 감정에 대해 솔직하고 같이 사랑으로 이겨내는 스토리가 있는데 왜 굳이 나락으로 빠져 들어 피해자 코스프레를 하는지 모르겠다. 그래. 이건 나한테도 하는 말이다. 과거의 나 에게도 동일하게 해주는 말이다. 아니, 사실 당신 내들 보다 나에게 하는 독백이 더 맞을 것 같다. 참 미련하게도 그것이 내 사랑이라고 생각했고. 사랑이라면 그렇게 해야 하는 것이라고 생각했다. 독백을 한 김에 이야기 하나를 해주고 싶다. "

무채색을 가진 아이가 있었다. 자신의 색은 없다고 생각했다. 그 아이는 살아 있지만 살아 있는 것이 아니라고 생각했다. 그러다 사랑이라는 행위를 알게 되었다. 그 아이는 맹목적으로 사랑에 몰두하였다. 그랬더니 어느새 자신에게 주황색이라는 색이 남고 사랑하던 이는 떠나갔다. 그렇게 그 아이는 주황색으로 살았다. 그러다 다시금 사랑을 하게 되면서 때로는 핑크색 때론 연보라색인 사람이 되었다. 또 생각을 가지게 된 아이는 사랑을 떠나 보냈다. 혼자 남은 아이는 생각했다. 지금 내가 가진 핑크색과 연보라색은 나의 색인 걸까? 이 색은 그녀들이 떠나면서 나에게 주는 벌이 아닐까? 라고 생각하게 된다. 그리곤 알게 된다. 나는 사랑을 한 게 아니라 받기만 하였다는 알게 되었다." 이건 내 이야기를 한 개의 스토리텔링으로 바꾼 것이다. 모든 연인들이 내게 색을 주고 갔지만 나는 그녀들에게 색을 주지 않고 우울이라는 감정만 주고 떠나왔다. 사랑한다는 말로 수도 없이 표현했지만 사랑을 하지 않았다. 사랑하는 척을 했을 뿐이다. 이제 서야 알게 되었다. 사랑하는 법을 그리고 사랑을 준다는 것이 무엇인지를. 사람이란 참 어리석게도 잃고 나서야. 겪고 나서야 알게 되니 말이다.

그런 생각을 할 때면 나의 삶에 여운이 남는다. 후회가 남는다. 후회는 가장 어리석은 행위라고 하는데. 난 후회만 남는 사랑이니 나의 사랑이 어떤 지 알 것이다. 그럼에도 사랑은 해야 한다는 명목 하에 나는 아직도 사랑을 찾아다닌다. 사랑이라는 그런 것이다. 아프고 힘들어도 사랑이 있기에 살아갈 이유가 된다. 그렇기에 사랑이라는 이름으로 연인을 힘들게 할 사랑을 하지 않았으면 좋겠다. 그것은 사랑이 아니다. 누구나 사랑한다고 말을 할 순 있다.

사랑에는 존재가 보이지 않기에 말로 표현하는 것은 자유이기에 누구나 말 할 수 있다. 그렇지만 사랑을 해본 사람은 알겠지만 사랑한다는 한마디 말이 중요 한 것이다. 사랑을 하고 있다는 감정. 사랑을 받고 있다는 감정. 그것이 사랑을 하는 것이다. 말 하나만으로 대동강도 팔 수 있던 시대와는 다르게 지금은 말로써 사랑한다고 사랑을 준다는 행위가 될 수 없다. 사랑을 받는 감정을 느끼게 해주어야 사랑을 하는 것이다. 내가 받지 못해도 일단 주면 된다. 내가 사랑을 아낌없이 주고 그 사랑의 절반만 돌아온다 하더라도 그것에 만족하면서 사랑한다면 어느 순간 오게 될 것이다. 세상에 내 연인이 없으면 안 된다는 감정을 몸으로 느끼게 될 것이다. 내가 생각하는 사랑은 주는 것이다. 그렇지만 이 책을 쓰기 전에 나는 매우 이기적인 사랑을 하였고 다시는 그러지 않기로 마음속 깊이 새기었기에 말할 수 있다. 사랑이라는 이름으로 상대를 위협하지 말아 주길 바란다. 계속 말하지만 세상에서 가장 빛날 존재가 바로 자신의 앞에 있는 연인이다. 그 연인에게 우울 폭력으로 눈물 짓게 하고 마음에 상처를 주게 된다면 그것만큼 우리에게 평생을 후회 할 일이 없을 것이다. 나도 그렇고 이 글을 읽는 사람들은 알 것이다.

사랑이라는 이름으로 상처 입힌 사람들에게 너무도 고통속에 살게 해주었다는 것을. 그것이 사랑이라고 생각했다. 사랑이라면 그래야 하는 것이라고 생각했다. 그렇지만 그것은 사랑이 아니라 허울 좋은 말로 감정의 쓰레기통을 만든 것 뿐이다. 사랑이라는 말로 사람을 망가뜨린 것에 불과 하다. 자신이 책임지지도 않을 사람에게 자신의 나쁜 감정을 던지고 살아 남은 것 뿐이다. 그런 나 여도 사랑해준 사람들이 내게 준 행복이라는 추억을 생각 할 때면 나는 언제나 눈물로 밖에 보답 할 수 없음에 후회하면서 또 후회 한다. 그렇기에 나는 우울하다 하여 연인에게 상처를 주면 안된다고 생각한다. 같이 평생을 살아 간다면 더 소중히 해야 한다. 사람들은 착각을 하곤 한다. 평생을 같이 살아가기에 모든 것을 안 좋은 감정을 상대에게 표현하고 나쁜 감정을 전가 해버리곤 한다. 그것 만큼 인간의 어리석은 점을 나타내는 행동이 없는 것 같다. 그것 만큼 미련한 행동은 없는 것 같다. 그러니 사랑한다면 사랑과 행복으로 항상 미소 짓게 해 주길 바라고 같이 미소 짓고 행복 하기를 바란다. 나처럼 미련 하게 과거의 추억을 두고 후회하지 않기를 바란다. 지금 사랑에 최선을 다 하길 바란다. 그 사람이 최선이 아닌 것 같고 나를 위한 더 견고한 성이 있을 것 같겠지만 행복회로를 너무 돌리다 보면 그 회로에 우리 내의 정신을 빨려 들어가서 나오지 못한다. 마치 마약쟁이가 약을 끊지 못하는 것과 매한가지로 우리는 더 큰 것을 원하게 될 것이다. 세상에 더 좋은 이성은 없다. 모두가 좋은 이성이다. 그것을 인지해 주었으면 한다. 지금 바로 옆에 있는 상대가 자신에게 가장 중요하고 견고한 성이다. 다른 무엇과도 바꿀 수 없는.

사랑의 완성은
그 사람을 온전히 믿어 주는 것

사랑은 온전히 그 사람을 믿어주는 것이다. 믿어 준다는 것에 조건을 달지 말아야 한다. 믿어 주고 믿음을 받고 감정에 솔직하게 될 수 있다면. 연인과의 싸움은 적어지게 될 것이고 사랑은 점점 달콤해 질 것이다.

내가 겪어보고 사랑을 하면서 어떻게 해야 하는지 말해주도록 하려 한다. 우리가 우울이라는 감정을 가지고 있다는 것을 최소한 연인에게 숨기지 말아야 한다. 우울증으로 헤어지게 된다면 우선적으로 자신에게 그리고 상대에게 사랑을 시작할 단계가 아니라고 생각을 한다. 사랑한다는 것은 자신을 믿고 상대를 믿어주고 서로를 믿어 주는 것이 바로 사랑이라고 생각한다. 사랑에 가장 기본조건은 믿음이다. 내가 우울증이 있다는 것을 알게 되면 그, 그녀가 떠날 것이라고 생각에 말하지 못한 채 연인관계를 지속한다면 분명 자신의 우울은 감당할 수 없을 만큼 커져서 상대에게 전이 되게 되어있다. 감정이라는 것은 그런 것이다. 내가 말하지 않는다고 해도 내 옆에 있는 연인은 알게 모르게 그걸 느끼게 된다. 몸으로 느끼게 된다. 그렇게 결국 파국으로 치닫는다. 결론은 말하지 않고 연인을 지속한다면 어느 순간 가장 큰 적을 옆에 두게 되는 꼴이고 결국 서로에게 상처를 남긴 채 서로를 원망하는 사이가 되어버린 다는 것을 알게 될 것이다. 그러기에 나는 진지하게 나의 병에 대해 연인에게 말하는 걸 권한다. 그 순간 알게 될 것이다. 자신이 생각하는 것 보다 자신을 생각 해주는 사람이 있다는 것을. 연인이라는 것은 그런 것이다. 동정의 눈빛으로 보지 않는다. 걱정의 눈빛으로 본다. 같이 힘들어 해준다. 내가 그렇게 사랑을 받았다. 사랑이라는 그런 것이다. 걱정해 주는 것 진심으로 생각해주는 것. 그리고 같이 이겨 내는 것. 그게 사랑인 것이다. 우울증으로 인해 사랑이 빛나감을 가지지 않는다. 오히려 속으로 참고 있는 감정들이 사랑을 오염시킨다. 그것이 결국 헤어짐의 이유가 되면서 상대에게 상처만 남기는 사람으로 기억 하는 일 생긴다. 자신의 감정에 대해 솔직해 지면 좋겠다. 그리고 연인에게 이야기를 많이 했으면 좋겠다. 그 당시에는 말 하지 못할 지라도 서로의 감정이 정리 되었을 때라도 진지하게 솔직하게 연인에게 말해 주길 바란다. 나는 그것을 못했다. "괜찮아. 내가 잘못 한 거야." 하지만 내 감정은 그것이 아니었다. 그 감정을 솔직하게 전달하지 못했다. 그렇게 말하면 가장 믿을 수 있는 내 편이 사라질 것 같았다. 시간이 지나고 보면 그건 나만의 이기심이었다. 나의 연인은 그것마저 나를 받아줄 의향이 있던 사람이었다. 그런 이유로 나를 버릴 사람이 아니었다. 내가 조금만 더 아니 애초에 믿음을 가지고 있었다면 나는 솔직하게 이야기 했어야 했다. "사실 나는 지금 내 옆에서 나를 가장 믿어 주는 이가 자고 있음에도 부엌으로 나가 자살 생각을 한다고." 나를 도와 달라고 이야기 했어야 했다.

난 그렇지 못한 비겁한 이기주의자였다. 우울증이라는 것이 내 생을 망쳤다고 생각을 했다. 나 혼자 책임져야 한다고 생각했다. 하지만 사랑이라는 것은 그런 것이 아니었다. 서로를 믿어 주고 서로를 걱정해주는 것이었다. 그것을 나는 장장30년을 지나서야 알게 되었다. 진짜 사랑하는 사람을 떠나 보내 고서야 알게 되었다. 그리하여서 나는 당신들은 안 그러길 바란다. 우울을 가진 사람들이 다시는 나처럼 그렇게 행동하지 말았으면 좋겠다. 사랑한다면 상대를 믿어 주길 바란다. 믿는 만큼 솔직하고 진솔하게 대화를 하면 좋겠다. 사랑한다면 같이 공감하고 서로에 부족한 부분을 채워 주는 것이 사랑이라고 생각한다. 그러니 사랑한다면 가장 먼저 자신을 믿어 주길 바란다. 옆에 있는 연인을 믿어 주길 바란다. "당신은 당신이 생각하는 것 보다 이 세상에 필요한 존재."라는 것을 믿어 주길 바란다. 나 자신을 믿고 상대를 믿은 상황에서 하는 사랑은 모든 것이 완벽해 보일 것이다. 세상이 이렇게 행복해도 되는지에 대해 의문을 품을 정도로 온 세상이 천국으로 변할 것이다. 우울증이 있는 사람의 단 하나의 선택이다. 바로 자신을 사랑할 것. 그리고 우울증에 대해인지 하고 그것에 대해 솔직할 것. 마지막으로 상대를 믿을 것. 내가 말하고자 하는 것은 이것이 전부이다. 이것만 지킨다면 우리가 우울증이 있던 우리가 공황장애가 있던 무엇이 있던 살아가는 자산이 되어 줄 것이다. 자신을 믿어라. 나도 해내고 있는 중이다. 내가 하는데 다른 사람도 못할 이유가 없다. 나 보다 더 한 사람도 하는 걸 많이도 보았다. 자신이 처한 상황이 제일 최악이라고 느끼겠지만 사실 그건 상대성이다. 엄밀히 따지면 나보다 더한 분들도 많다. 나는 그저 어릴 적 사랑을 조금 못 받았을 뿐이다. 내가 그걸 인지하고 내가 어떻게 해야 하는지 아는 나는 두려울 것이 없다. 사랑을 못 받았다면 내 가정을 이루고 나의 자녀에게 사랑을 충분히 주면 되는 일이다. 그렇기에 포기 하지 말아 달라. 삶을 그리고 사랑을.

내가 말하고자 했던 부분은 우울은 사랑으로 극복 할 수 있다는 이야기이다. 하지만 전제 조건은 있다. 사랑한다고 모든 것을 상대에게 책임을 전가 하면 안된다는 이야기이다. 우울증을 가진 우리도 우울증이 없는 상대도 사람이다. 사람은 모든 것을 받아 줄 수 없다. 사람에게는 자신의 허용량이 이라는 것이 있기에 그 허용량이 넘어 선다면 사랑은 독이 되어 돌아 온다. 사랑이라는 이름의 가장 큰 적을 우리는 마주 해야 한다. 그렇게 살아본 사람으로서 나는 절대 비 추천 하고 싶다.사람은 사랑을 해야 하지만 그 사랑은 언제나 행복한 기분으로 항상 서로를 보면서 미소 지으면서 서로에 대한 믿음을 가지고 살아야 한다고 생각 한다. 그것이 가족이라는 이름의 사랑이고 그것이 우울을 이겨낼 큰 자산인 것이다. 이 책을 쓰고 있을 당시 나는 그것을 머리로만 이해 하는 상황이지만 아직은 창창한 연애와 삶이 있는 사람들에게 전하고 싶다.

종교에서도 언제나 말하는 것은 사랑이다. 그 만큼 우리 에게도 사랑이 있을 것인데 그 사랑을 이용하지 말고 상대를 믿고 상대에게 최고의 사랑이 무언인지 보여주는 삶을 살기를 바란다. 내가 했던 잘못을 알고 그 잘못을 다시 하지 않는 것이 바로 진정한 자신을 용서하는 계기가 되지 않을까 생각 한다. 내가 걸어 온 사랑의 길은 오점 투성이고 실수 투성이면서 잘못된 사랑을 하고 살아 왔다. 그러기에 나는 더 이상의 실수를 하지 않기 위해서 이 책을 읽는 당신들에게도 나에게 조언을 한다. 지금 옆에서 나를 걱정해 주는 그 사람들이 바로 우리가 되길 바란다. 받기만 하는 사람이 되지 않기를 바란다. 그것이 바로 살아 가는 이유이고 인생의 시작점인 것이다. 온세상에 사랑이 가득하길. 내가 이 책을 쓰면서 사용하는 단어가 제법 된다. 인지를 하는지 모르겠지만 가장 많이 쓰이는 단어는 사랑 , 세상 , 우울이다. (물론 나도 세 보진 않았다.) 가장 많이 쓰여 있을 것 같다. 사랑과 우울은 알겠지만 세상이 많이 쓰여진 것은 상상에 맡기도록 하겠다. 앞으로도 우울증을 지닌 채로 작가로 활동할 것이고 그것을 감출 생각은 없다. 하지만 우울증에 관한 에세이는 이 책이 처음이자 마지막으로 써 질 것 이다. 다른 에세이에서는 우울증이 중심인 책을 출간 안 하기로 마음 먹었다. 그러니 내게 있어 처음이자 마지막 우울증 관련 에세이가 될 것이다. 그래서 한번 더 말할 수 있다. 우울증에 지지 말아라. 그리고 사랑해라. 더욱 더 치열 하게 사랑하라. 그것이 삶의 본질이 되고 삶을 지탱하는 버팀목이 되길 바란다. 우울증은 그저 한 가지 고질병이라고 생각 하길 바란다. 그것으로 인생이 바뀌고 그것으로 인생이 나락을 가야 할 이유가 없다. 자신의 세상에서 유일하게 컨트롤이 안되는 것은 시간만이기를 바란다. 모든 것은 자신의 의지. 자신의 선택으로 만들어 진다는 것을 알기를 바란다. 삶은 선택의 연속이다. 여러 가지 선택들이 모여서 지금의 나와 당신들을 만들었다.그렇지만 기억해 주길 바란다. 틀린 답은 없다. 잘못된 결과도 없다. 다시 선택 하고 다시 노력 하면 그 상황을 더 나은 결과로 돌아올 수 있다. 그것이 바로 세상을 살아가면서 가져야 하는 것이고 나를 더 성장시켜 줄 버팀목이 될 것이다. 고통과 아픔은 시간이 지나면 배움의 과정일 뿐이다. 그 과정이 아프고 그 과정이 힘들 수 있다. 누구나 그러하 듯이 사람이 살아 가는 것 자체로 힘이 든다. 때론 지독히도 혼자인 외로움을 버텨야 하고 때론 사랑을 그리워 하여 애타게 사무칠 수도 있다. 그것을 견디고 버티다 보면 더 나은 사랑을 할 수 있게 해주고 더 나은 관계를 만들어 갈 수 있다.

마지막으로 이야기 하고 싶은 것은 사회에 살면서 첫 인상이 중요하다는 이야기를 많이들 한다. 그러나 우울을 탑재한 우리는 첫 인상이 안 좋게 보일 수도 있다. 그러면 어떠 한가 첫 인상이 별로 여도 나중엔 나를 알아 주는 사람이 나타난다. 나의 경우엔 첫 인상을 별로 그렇게 중요 하게 생각 하지 않는다. 그 사람의 매너와 배려를 더 중요 하게 생각 한다. 첫 인상이 그것과 동일한 경우도 많다. 하지만 그것과 너무도 다른 사람을 너무도 많이 만나 보았다. 나는 끝 인상이 대부분 좋았다. 나의 대한 마지막 이미지는 호감이었다. 앞서 말한 것처럼 내가 받지 않아도 될 대접을 받을 수도 있다. 사람은 사람으로써 지켜야 할 것들이 많기도 하다.

그것들만 지킨다면 우리가 살아가는데 상처를 받지 않고 상처를 주지 않을 것으로 생각된다. 세상은 우리를 등져 버렸지만 우리는 해낼 것이라고 생각된다. 누구보다 빛나고 누구도 따라 할 수 없는 그런 사람들이 될 수 있다는 것을 나는 간절히 믿고 그것이 세상의 이치가 될 날을 기다리고 있을 것이다.

우울증은 책으로 고쳐

초판 1쇄 발행 | 2021년 9월 30일

지은이 | 곽성일
펴낸이 | 김지연
펴낸곳 | 생각의빛

주 소 | 경기도 파주시 한빛로 70 515-501
출판등록 | 2018년 8월 6일 제 406-2018-000094호

ISBN | 979-11-90082-21-1 (03810)

원고 투고 | sangkac@nate.com

* 값 13,300원

* 생각의빛은 삶의 감동을 이끌어내는 진솔한 책을 발간하고 있습니다. 참신한 원고가 준비되셨다면 망설이지 마시고 연락주세요.